KB004573

지킬의 정원

지킬의 정원

거트루드 지킬 지음
이승민 옮김

일러두기

1. 이 책의 판본은 다음과 같다.

『숲과 정원Wood and Garden』 by Gertrude Jekyll, 1899년 Longmans: Green and Co.(London) 2nd Edition의 디지털 파일

『어린이와 정원Children and Gardens』 by Gertrude Jekyll, 1908년 Country Life에서 발행한 초판의 디지털 파일

『집과 정원Home and Garden』 by Gertrude Jekyll, 1900년 Longmans: Green and Co.(London) 출간본의 디지털 파일

2. 식물명은 되도록이면 우리말로 옮기되 식물의 알파벳 표기는 본문에 붙이지 않고 부록으로 정리했다.

3. '식물 찾아보기'는 국가표준식물목록의 표기 방식을 따랐으며, 목록에 없는 식물명은 영어 발음대로 표기했다. 알파벳순으로 정리하되 당시 이름과 현재 이름의 차이가 있어서 거트루드 지킬이 쓴 영어명(속명과 이명이 섞여 있음)을 기준으로 삼았다.

1장

정원에서 배운다

내가 정원을 사랑하는 이유

나는 문학적 재능이나 식물학 지식을 내세울 만한 사람이 못 된다. 내가 아는 식물 재배법이 가장 실용적이라고 말할 수도 없다. 그러나 오랜 세월을 야외에서 화초와 함께 살아왔고 정원의 노동 앞에서 몸을 사리지 않았다. 그런 덕분에 살아서 자라는 많은 것과 아주 밀접하고 친밀한 관계를 맺게 되었고, 명확히 정의하기는 어렵지만 유용한 지식과 통하는 어떤 본능을 지니게 되었다.

내가 온전히 깨달은 가르침은 한 가지다. 정원을 향한 사랑이 우리에게 오래도록 변치 않는 행복을 준다는 것. 나는 이 가르침을 다른 이들에게 전해주고 싶다. 누구든,

특히 어린 사람이 꽃에 관해 묻고 자신의 꽃밭을 갈망하고 정성껏 가꾸는 모습을 보는 것이야말로 내게는 크나큰 기쁨이다. 정원을 향한 사랑은 한 번 뿌리면 결코 죽지 않는 씨앗이다. 죽지 않고 자라고 또 자라서 오래도록 변치 않고 날이 갈수록 커져가는 행복의 원천이 된다.

정원에 대한 글을 쓰면서 내가 공간의 아름다운 느낌을 특별히 강조하는 것은 내가 가장 사랑하고 가장 잘 이해하는 정원 조성 방식이 그러하기 때문이다. 나는 정원과 숲을 회화적인 관점에서 접근한다. 주로 전체적인 인상을 보고 그다음으로 세세한 아름다움을 본다. 화초, 나무, 풀밭을 공간에 배열할 때 모두가 행복하고 편안해 보이도록, 의식적인 노력을 과시하지 않도록 접근한다. 모든 공간에서 아름다움과 조화를, 특히 색채의 조화를 구현하려고 한다. 그렇게 가꾼 정원은 휴식과 회복과 아름다움을 향유하는 행복감을 선물한다. 제 목적을 가장 훌륭하게 달성한 정원이란 바로 그런 것이라고 나는 이해하고 있다.

부지런한 일꾼에게 정원은 끊임없이 흘러나오는 찬가로 행복을 맛보게 한다. 기쁨을 선사하고 마음의 기력을 회복시키고 위로하고 순화하고 감사함으로 마음을 고양시키는 것이 정원의 존재 이유라고 나는 믿는다. 최선의 방식으로 정원을 조성하는 사람들은 분명 거기서 정원의 존재 이유를 찾는다.

실제로 정원 조성은 다양한 원예 방식을 두루 포괄하고 인간의 갖가지 취향을 망라한다. 원산지가 다른 온갖 식물을 최대한 많이 수집하는 데서 즐거움을 찾는 이가 있는가 하면, 외지에 나가 현지 식물을 직접 채집해오는 데서 즐거움을 찾는 이도 있고, 암석정원이나 양치식물정원, 토탄정원, 습지정원, 침엽수정원, 관목정원, 잎의 특정한 종류나 색상에 따라 나무와 화초를 골라 심은 정원, 특정 계통의 화초만 재배하는 정원 등등 특색 있는 정원을 추구하는 이도 많다. 거목이 둘러선 너른 잔디밭을 좋아하는 사람, 야생에 가까운 정원을 좋아하는 사람, 단정한 생울타리와 오솔길과 테라스와 화려한 화단을 갖춘 격식 있는 정원을 좋아하는 사람, 여러 양식이 혼합된 정원을 좋아하는 사람도 물론 있다. 모두가 본인으로서는 옳고 타당하고 즐거운 선택이고, 타인에게도 유익한 영향을 미칠 수 있다.

아는 것과 모르는 것

내가 가장 바람직하다고 생각하는 정원 조성 방식 역시 다른 이들과는 차이가 있다. 이런 차이점을 나름대로 설명하려고 글을 쓰기도 한다. 그러나 나는 다른 사람의 정원에서 배운 바가 크고 지금도 항상 배우고 있다. 가장 확실하게 배운 한 가지는 절대로 "내가 안다"고 말하지 않는 것이다. 아직도 배워야 할 것이 무궁무진하다. 위치와 토양이 엇비슷해 보이고 지역이 동일하더라도 정원마다 처한 여건이 저마다 얼마나 다른지 모른다. 자연은 참으로 교묘한 연금술사 같아서 무엇을 궁리하는지, 무엇으로 우리를 놀래줄지 아무도 알 수가 없다.

원예 관련 소식지에 특정 식물의 재배법에 관한 논의가 종종 실린다. 한쪽은 이러이러한 방식만이 옳다고 주장하고, 다른 쪽은 또 다른 방식만이 옳다고 주장하면서 논조가 과열되고 격해지기도 한다. 그러면 정원 일에 초보자일 독자는 어찌할 바를 모르고 당황한다. 물론 의견을 제시한 두 사람 모두 유능한 정원사이고 마땅히 신뢰할 만한 인물이다. 다만 두 사람 모두 이렇게 말했어야 옳다. "내 경험상 이 장소에서는 그런 식물을 이러이러한 방식으로 다루는 게 맞다." 같은 과에 속하는 식물이라고 한 정원에서 똑같이 잘 자라지는 않는다. 노련한 정원사는 이 사실을 알고 있다. 딸기와 감자만 보아도 어느 종류가 자기 정원에서 잘 자라는지 직접 알아내야 한다. 옆 동네 사는 친구의 경험이 썩 도움이 되지 않는다.

나는 소박한 시골집 정원에서 많은 것을 배운다. 기후가 비슷한 나라 중에서 영국의 길가가 가장 예쁜 것은 이들 덕택이 크다. 아무리 작은 시골집 정원이라도 반드시 무언가 새로이 관찰하거나 배울 것이 있기 마련이다. 운 좋게 두 가지 식물이 함께 아름답게 어우러지기도 하고, 서로 다른 덩굴식물이 예쁘게 뒤엉켜 있기도 하고, 내 생각에 남쪽 담장에서 더 잘 큰다고 믿었던 것이 동쪽 담장

소박한 농가의 출입구

에서도 잘 크고 있기도 하다. 그러나 이런 인상을 받아들이고 저장해서 축적된 경험에 보태려면 눈과 두뇌가 초롱초롱하게 깨어 있고 부지런해야 한다. 그리고 꽃을 보는 감식안을 갖추도록 스스로 단련하는 것이 중요하다. 어느 꽃이 알맞고 어느 꽃이 알맞지 않은지 그 이유는 무엇인지 한눈에 식별할 줄 알아야 한다.

동시에 소위 플로리스트나 화초품평회 심사위원의 옹졸한 전횡에 휘둘리지 않도록 항상 열린 사고를 유지해야 한다. 왜냐하면 전문가의 판단이 모두 그르지는 않겠지만, 그들 본인이 이미 규칙에 얽매여 있어서 엄격하고 자의적인 평가 기준을 벗어나지 못하기 때문이다. 그저 눈앞에 전시된 결과물에만 급급할 뿐 정원과 정원의 아름다움, 인간의 즐거움, 햇빛, 아침저녁 한낮에 따라 달라지는 빛의 변화 같은 것은 고려의 대상으로 삼지 않는다.

그러나 많은 사람이 최고 품종의 내한성 화초를 재배하고 개량하는 데 헌신적인 노력을 기울이고 있다. 묘목장을 운영하는 사람도 개인적으로 묘목을 기르는 사람도 모두 마찬가지다. 어떤 찬사나 감사의 말도 그들의 노고에 경의를 표하기에는 부족할 것이다. 이웃의 집집마다 재배하는 수많은 좋은 화초는 말할 것도 없고 정원의 보물을 찾아 세계를 누비고 다니는 기업의 화훼 사업이며 프랑스에서 온 장미와 작약과 글라디올러스, 네덜란드에서 온 튤립과 히아신스 등등이 없다면 우리 정원이 과연 어떻게 되겠는가?

배워야 할 것이 너무 많다는 생각에 지레 포기하는 일은 없기 바란다. 삼십 년 정원 세월을 돌이켜보면 초기에는 나 역시 도움받을 방편이 마땅치 않아 더듬더듬 무지한 시간을 보냈지만, 언제고 기쁨과 격려로 충만하지 않은 시간은 없었다고 기억한다. 첫걸음은 즐거운 미지의 영역으로 내딛는 걸음이고, 첫 성공은 기대하지 않은 성공이라 곱절로 행복하다. 아는 것이 늘어갈수록 시야가 확장되고 갈수록 감식안이 높아지며 안도감이 든다. 새로 내딛는 걸음마다 조금씩 더 확실해지고 새로 무엇을 파악할 때마다 조금씩 더 정확해지면서 점차 강력한 창조력에 비견할 만한 영리한 조합능력이 생겨난다.

정원은 훌륭한 스승이다. 인내와 세심한 주의력을 가르치고, 근면과 절약을 가르치며, 무엇보다 완전한 신뢰를 가르친다. "바울은 심었고 아볼로는 물을 주었으되, 오직 하나님은 자라나게 하셨나니." 좋은 정원사는 자신이 맡은 바대로 노동을 다하고 애정을 다하고 자신이 아는 모든 기술과 자기 땅의 조건에 대한 경험과 자신이 발휘할 수 있는 기지를 한데 동원해서 필요한 모든 지원을 다한다면, 그렇게 부지런히 충실하게 제 소임을 다한다면 분명 하늘이 자라나게 하실 것임을 추호도 의심하지 않는다. 정직하게 달성한 성공은 다시금 노력하라는 격려의 깨달음으로 이어진다. "잘하였도다, 착하고 충성된 종아." 이 자비로운 말씀의 울림처럼 말이다.

배움의 순서

꽃을 사랑하고 실제로 정원을 가꿔보고 싶은데 정작 어디서 무엇부터 시작해야 하는지 갈피를 잡지 못하는 사람이 많다. 난생처음 스케이트를 신고 번득이는 금속 날에 의지해 미끄러운 얼음판을 딛고 서보면 앞으로도 뒤로도 가지 못하고 엉덩방아를 찧을 것 같아 난감하다. 정원을 만드는 초보자 역시 이런 당혹감과 난감함을 느낄 테고 당연히 배우며 갈 길이 멀다. 하지만 정원 일을 배우는 과정은 위험하기보다는 즐겁고 여러 번 넘어지면서 배우기는 해도 다치지는 않는다.

아마 처음 몇 걸음이 가장 어려울 것이다. 아는 것이

조금 생기고 초보자로서 궁금한 질문이 생겨날수록 앞으로 더 배울 일이 얼마나 태산 같은지 비로소 보이기 시작한다. 질문하는 사람이 무지할수록 도움이 되는 답변을 해주기가 어렵다. 답변하는 위치에 있는 사람은 으레 질문하는 측도 어느 정도 지식이 있다고 가정하기 마련인데, 질문자에게 이런 지식이 전혀 없다면 어떤 답변을 제시해도 쓸모가 없다. 완벽에 가까운 무지 상태에서는 질문자가 무엇을 물어야 할지조차 모르고 설령 답변이 가능한 질문이라 해도 질문 자체가 불모지에 떨어지는 씨앗과 같다.

이럴 때는 쓸모없는 질문 여러 개에 답변하려 들지 말고 한 번에 하나씩 단순한 것부터 가르치는 편이 낫다. 애써 성의껏 대답했는데 마치 '나한테 그런 수고는 기대하지 말라'는 듯 따분하거나 실망스러운 반응이 돌아오면 그야말로 맥이 빠지는 노릇. 한술 더 떠 줄줄이 질문만 퍼부어놓고 답변을 기다리지도 않는 어설픈 사람도 없지 않다. 어디든 가는 곳마다 누구든 만나는 사람에게 조금씩 배우려고 노력하는 것이 진정으로 배우는 길이다.

지름길은 없다. 가만히 앉아서 땅을 어떻게 파느냐고 묻기만 한들 아무 소용없다. 내가 아니라 다른 누구에게 물어도 마찬가지다. 차라리 밖에 나가 남이 땅을 파는 모습을 지켜보다가 직접 삽을 들고 땅을 파보는 게 낫다. 될 때까지 계속하다 보면 도구를 쓰면서 배우는 요령, 품은 적게 들이고 효력은 배가하는 요령을 터득한다. 그러노라면 차츰 다른 것, 팔다리 등 근육을 쓰는 법도 같이 익히고 언젠가는 작은 울새가 찾아와 응원을 보내면서 삽질 끝에 걸려 나오는 벌레가 없는지 예의 주시하는 날도 온다. 남에게도 배우고 책에서도 배우지만 그저 스스로 시도하면서도 배울 수 있다. 배움의 길은 그렇게 여러 갈래라는 사실을 깨닫는 순간이 온다.

다른 모든 일이 그렇듯 정원을 가꿀 때도 배우고 싶은 마음, 알아내고 말겠다는 각오를 품어야 잘 배운다. 누군가 요술 지팡이를 휘둘러 힘과 지식을 주리라는 기대는 하지 않는 게 좋다. 실수도 잦을 테고 또 당연히 그래야 한다. 아이가 자라면서 잔병치레를 거치는 것과 같은 이치다. 어떤 이는 끝에서부터 시작하려 드는 실수를 저지른다. 그래서 극도의 주의를 요하는 것, 예를 들어 강력한 화학비료 따위를 자칫 함부로 쓰는 일이 생긴다.

"키우던 식물이 어째서 죽었을까요?"라고 나에게 묻는 부인들이 있다. 가장 좋은 데서 가져다가 최선을 다해 키웠는데 그만 죽고 말았다는 이야기. 나는 무슨 식물이었는지, 어떻게 보살폈는지 물어보았다. 평범한 화단용 식물이었는데 이름은 기억나지 않는다. 부인들은 모종삽을 새로 사서 곱게 구멍을 파주고 오로지 이 식물을 위해 농축 비료도 한 통 샀단다. 그리고 구멍에 비료 한 통을 모두 붓고 식물을 세운 다음 흙으로 덮고 물도 많이 주었단다. 그랬더니 죽어버렸다. 선량하디선량한 부인네들이 설마 꿈에서인들 갓난아기한테 고기와 술을 먹일 생각을 했을 리 만무하지만, 나름대로 교훈은 톡톡히 얻은 셈이다.

땅이나 혹은 화분에서 갓 뿌리를 파낸 식물은 제 보금자리에서 옮겨져 아직 다른 곳에 자리를 잡지 못한 상태이고, 혹시 축축한 이끼와 종이로 간신히 뿌리를 감싸고 한참 이동한 뒤라면 더더욱 영양을 빨아들이는 작용이 한동안 중지돼 꼼짝없이 무력한 처지다. 이렇게 설명하니 부인들은 대번에 의미를 알아차렸다. 그런 상태에서 해줄 수 있는 것은 순하고 자극적이지 않은 양분 공급과 세심한 보살핌 정도다. 심는 시기가 여름이라면 뿌리의 쥐는 힘이 단단해지고 흡수력이 활발해질 때까지 그저 그늘을 만들어주고 아주 가볍게 물만 뿌려주면 된다. 더군다나 이들의 정원처럼 잘 준비된 비옥한 땅에 강력한 인공비료는 어찌 되었든 이미 과잉이다.

초기의 무지를 어느 정도 극복하면 조언과 도움을 받기가 한결 수월해진다. 딛고 설 공통 기반이 조금 더 생기기 때문이다. 나는 꽤 어린 나이부터 줄곧 정원이 돌아가는 과정을 보며 자랐지만 썩 흥미롭지는 않았다. 집 건물을 사이에 두고 한쪽은 자갈이 깔린 뜰, 한쪽은 잔디가 깔린 뜰이 상당히 넓게 펼쳐졌는데, 화단용 화초들 외에는 별로 떠오르는 것이 없었다. 대신 관목숲 너머 한 구석에 나만의 작은 꽃밭이 주어졌다. 쉼터에 그늘을 드리우던 부르소로즈가 덩굴장미 중에서 가장 어여쁘다는 생각은 그때나 지금이나 변함이 없지만, 처음으로 나에게 내한성 식물에 관한 지식을 알려준 것은 야생화였다.

누군가로부터 존스 목사Rev. C. A. Johns의 『들판의 꽃들Flowers of the Field』이라는 훌륭한 책을 받았는데, 여러 해 동안 이 책을 어떻게 활용하는지 가르쳐주는 이는 없었다. 눈앞에 책을 펼쳐만 놓았지 식물이 어떻게 서로 묶이고 나뉘는지 이해하기도 어려웠다. 아직 어릴 때라 내 힘으로 알아가거나 식물학의 기초 지식을 혼자 습득하기는 무리였다. 그래도 나는 밖에서 만나는 꽃을 집에 가져와 하나씩 들고 책장을 넘기며 책에서 그 꽃과 비슷한 그림을 찾아내곤 했다. 이렇게 개별 식물에 대한 지식을 얻은 덕분에 나중에 식물 분류체계 개념을 이해하기가 좀 더 쉬웠다.

나는 내가 받은 가장 귀중한 선물로 항상 이 책을 꼽는다. 내 식물학 지식의 확고한 첫걸음은 이 책의 가르침으로 거슬러 올라간다. 나중에 본격적으로 정원 식물을 수집하면서 자신 있게 유사한 식물종을 알아보는 감각을 얻은 것도 이 책 덕분이다. 다른 정원 관련서도 없고 개인 수집가나 다른 정원사의 작업을 접할 기회도 없고 조언을 구할 사람도 없던 당시의 나에게는 이 책이 전부나 다름없었다. 책의 첫 권은 얼마 지나지 않아 너덜너덜해졌다. 지금도 두 권을 가지고 있는데, 한 권은 새로 제본을 입혀 언제나 가까이에 두고 찾아본다.

회화적 아름다움

정원 경험이 늘어나면서 나는 차츰 시골집 정원을 다니며 추위에 강한 정원 식물을 발견할 때마다 모으기 시작했다. 처음에는 이름을 모르는 것이 다수였지만 수집 목록이 늘어갈수록 비교와 구별에 능숙해졌다. 한 가지 식물의 여러 종 가운데 좋은 종과 나쁜 종을 구분하고 무엇이 정원 식물로 적합한지 분간하는 안목도 키워갔다. 연노랑 앵초를 다발로 재배하기 시작한 것도 그즈음이다. 당시 드물기는 했지만 묘목장이라는 곳이 있다는 사실도 알게 되었다. 내가 시골집 정원에서 수집하던 식물이 묘목장에서 재배되고 있었다. 그래서 풀럼에 있는 오스

정원의 오래된 놀이집

본 묘목장을 찾아갔다. 그곳에서 풀럼 참나무의 원형이된 최초의 나무를 직접 보았고 처음 보는 봄꽃 알뿌리와 여름꽃이 기대되는 건강한 식물도 여러 종 발견했다. 묘목장을 방문하면서 수선화에 대해서도 배우기 시작했다. 발 묘목장에서는 여러 번 찾아갈 때마다 친절한 조언을 얻었고 파커 묘목장에서는 튼튼한 내한성 식물의 천국을 만났다.

식물 재배법에 관한 지식이 조금씩 손에 잡히면서부터 나는 정원과 숲에서 회화적 아름다움을 음미하는 순간이 나에게 가장 큰 즐거움임을 깨달았다. 전체 풍경처럼 화폭이 큰 장면이든, 식물 한 종을 모아 심은 좁은 화단이든, 더 작게는 고산식물을 올망졸망 흩어놓은 손바닥만 한 땅이든 나의 의도는 항상 한결같다. 그럼에 불필요한 선을 드리우는 가지를 치워 숲의 나무를 정리할 때도, 나무가 우거진 장소에 샛길을 낼 때도, 나무 오솔길 방향을 아주 살짝 틀 때도, 형태나 음영을 고려해 비슷한 식물 배열에 변화를 줄 때도, 그 밖에 여러 현지 사정에 따라 어떤 결정을 내려야 할 때도 결국 나의 의도는 언제나 똑같다. 아름다운 정원 풍경을 만들어내는 것, 이것 하나다. 내 바람만큼 많은 것을 보여주겠노라 자신하기엔 아직 부족하지만 정원의 한 해를 통틀어보면 적어도 일부나마 내 노력에 화답하는 효과가 나타나곤 한다.

내가 정원에서 맛보는 특별한 즐거움을 섣불리 남에게 강요할 생각은 없다. 성향이 다르거나 다른 방식의 교육을 받은 사람에게는 달갑지 않을 수도 있다. 나는 내가 느끼고 어느 정도 이해한 것을 이야기할 뿐이다. 다만 운 좋게 젊은 시절 예술을 감상하는 훈련을 받은 것이 내게는 여러모로 도움이 된다. 하느님의 아름다운 피조물에 경건하게 몰입하는 작업을 할 때도 인간이 신성한 영감을 해석해 어떻게 예술작품에 담아내는지에 대한 이해가 바탕에 깔려 있다.

2장

아이에게 아이의 꽃밭을 주자

나의 어린 시절

세상에는 아이와 어른, 두 종류의 사람이 존재하고 이 세상의 실제 주인은 아이라고 생각하던 시절이 있었다. 살아온 세월이 있으니 어느덧 나이 지긋한 노인임을 깨달을 법한데, 여전히 나는 스스로 아이 같다고 느끼곤 한다. 아마 한평생 정원을 가꾸는 사람으로 살아온 덕분이리라. 지켜보는 눈만 없다면 지금도 가로장을 길게 댄 나무문을 타고 오르거나 도랑을 건너뛰는 일쯤은 아무것도 아니다.

그러고 보면 나는 어려서부터 팔다리가 튼튼하고 몸놀림이 활발해서 어느 모로 보나 계집아이라기보다는 사내

아이에 더 가까웠다. 오빠 둘, 남동생 둘, 이렇게 남자 형제 넷 사이에 끼어 자란 탓이 분명 크다. 주위에 같이 놀 여자아이라고는 없었다. 하나뿐인 언니는 나보다 일곱 살이나 연상이라 별로 어울려 놀지 못했다. 그러니 자연히 생각이며 노는 품새가 계집아이보다는 선머슴에 가까울 수밖에. 나무를 타고, 공놀이를 하고, 어두운 틈을 타 말벌 둥지를 떼러 다니고, 화약으로 짓궂은 장난을 꾸미는 등 사내아이의 짓거리에 푹 빠져 지냈다.

남자 형제들이 학교에 다니면서부턴 나는 나대로 즐길거리를 찾아야 했다. 당시 집에는 늙은 조랑말 토비와 키우던 개 크림이 있었다. 우리 셋이서 숲으로 들로 쏘다니거나 아름다운 시골의 오솔길이며 샛길을 샅샅이 누비고 다녔다. 야생화가 내 눈에 들어오기까지 오랜 시간이 걸리지 않았다. 그 꽃들이 무엇인지 알고 싶었지만 누구 하나 물어볼 사람이 없었다. 그러던 차에 훌륭한 책 한 권을 손에 넣었는데, 이 책에 관해서는 따로 이야기하려 한다(앞에서 언급한 존스 목사의 『들판의 꽃들』을 말한다_옮긴이). 아무튼 나중에 이름을 알게 되기 한참 전부터 나는 이 꽃들을 친구로 여기며 지냈다.

지금 사는 집에서 멀지 않은 곳에 자리 잡은 나의 옛집

정원에 따로 지은 아이의 놀이집

에는 꽤 너른 정원과 잡목숲이 딸려 있었다. 몇 에이커에
달하는 큰 물방아용 저수지를 포함해서 못이 두 곳, 개울
도 세 줄기가 흘러 매일같이 물의 흐름을 지켜보곤 했다.
그중 물살 빠른 개울 물줄기가 작은 폭포로 떨어져 물방
아용 저수지로 흘러드는 지점은 모샘치가 모여들기 딱 좋
았다. 우리는 낚싯대와 둥근 뜰채로 모샘치를 즐겨 잡아
이따금 간식으로 튀겨 먹기도 했다.

이 저수지의 위쪽 끄트머리쯤 큼직한 섬이 하나 있었
는데 다리가 놓이지 않았다. 아직 보트가 없던 어린 시
절, 대신 우리 집에는 맥주 냉각통을 비롯한 양조용 도구
일습이 있었다. 맥주 냉각통은 길이 5피트, 폭 3피트에
옆면이 8~10인치가량 되는 납작하고 평평한 상자 모양

의 나무통이었다. 아버지가 물가에서 일을 하려고 이 통을 저수지에 내려다 놓으면 우리는 몰래 그것을 보트 삼아 저수지 섬까지 아슬아슬한 탐험에 나섰다. 참 짓궂은 짓거리였다. 실제로 아주 위험하기도 해서 엄격히 금지된 장난이었지만, 다행히도 우리는 아무 탈을 입지 않았다.

저수지 섬은 우리에게 마법의 땅이었다. 아름드리 포플러 아래로 덤불이 뒤엉켜 자랐다. 덤불이 물가까지 뻗어 가지를 늘어뜨린 곳에는 쇠물닭이 둥지를 틀고 까만 벨벳 뭉치 같은 귀여운 새끼들을 풀어놓았다. 섬 가장자리를 따라 자라던 암캐고사리로 말하자면 그렇게 웅장한 고사리 수풀은 그 후로도 보지 못했을 정도로 우거졌다. 쌍잎난초라는 신기한 식물을 내가 처음 발견한 곳도 바로 그 고사리 풀숲이었다.

물살 느린 개울이 저수지로 흘러드는 물가에는 아름다운 물물망초가 띠를 이뤘다. 올망졸망한 맑은 파란 꽃이며 깔끔한 밝은 초록 이파리며 희미한 향기가 내게 안겨주던 기쁨은 아무리 시간이 흘러도 잊히지 않는다. 지금까지도 이토록 강렬한데 잊을 도리가 있나. 나는 늘 물물망초의 희미한 향기가 옥수수밭 그루터기 사이에서 피어나는 야생팬지의 잔잔한 내음을 닮았다고 생각했다.

저수지 바로 위쪽으로는 '넌너리메도우'라고 불리던 습한 초원이 펼쳐졌다. 4월이면 샛노란 꽃을 피우는 습지마리골드가 지천이었다. 초원 한가운데를 가로지르던 제법 깊숙한 도랑이며 도랑 바닥 진흙의 선홍빛이며 수면을 뒤덮은 색색의 얇은 막까지 아직 내 기억에 생생하다. 흙이 그런 빛을 띠는 것은 토양에 철 성분이 많은 까닭이라고 들었다. 계절이 바뀌면 어여쁜 갈기동자꽃과 참터리풀과 습지야생난초가 초원에 무리 지어 피어났다.

애초 내가 태어난 장소는 런던이었다. 시골에 와서 살게 된 것은 내가 다섯 살 무렵부터였다. 런던에 관해 비교적 또렷하게 기억나는 것 중에는 런던의 풀과 꽃이 있다. 우리는 버클리스퀘어 근처 그라프턴 거리에 살았다. 그린파크를 산책하기에 너무 뜨거운 날이면 귄터카페에서 열쇠를 빌려 버클리스퀘어 뜰에 들어가서 놀기도 했다. 귄터카페에 있던 아저씨는 내 기억 속에 늘 친절한 아저씨로 남아 있다. 열쇠를 주면서 번번이 맛난 군것질거리를 같이 주던 덕분이다. 분홍색이나 흰색 설탕을 겉에 입히고 안에 아몬드가 들어 있는 길쭉한 사탕도 얻어먹곤 했다. 나중에 내 군것질 취향은 이런 세련과 거리가 멀어졌다. 박하사탕 맛을 알게 된 순간부터 나에게 최고의 사탕은 이 투박한 눈깔사탕이었고, 이 생각에는 지금도 변함이 없다.

버클리스퀘어 뜰에서 나는 데이지 꽃으로 화환 만드는 법을 배웠다. 처음에는 화환을 만드느라 얼마나 고생했는지 모른다. 꽃대를 핀으로 고정하고 다음 꽃의 머리가 들어가기에는 작고 꽃대는 통과할 만한 크기의 구멍을 만들어야 하는데, 자꾸만 핀이 미끄러지면서 그만 구멍이 찢어지곤 했다. 갓 깎인 잔디 냄새도 또렷이 기억이 난다. 지금도 나에게 잔디 깎기를 마친 풀 내음은 버클리스퀘어 뜰의 풀 내음이다. 아직 예초기가 등장하기 한참 전이어서 일꾼이 아침 일찍 풀을 베어두었다가 나중에 쓸어 담던 모습이 떠오른다. 이슬에 젖은 풀잎이 더 꼿꼿이 서 있기 마련이라 낫으로 키 작은 풀을 벨 때는 항상 이른 아침에 해치우곤 했다.

더 이른 철에 그린파크를 산책할 때면 민들레에 눈길을 빼앗겼다. 집에 가져와 놀고 싶었지만, 우리를 돌봐주던 유모가 무슨 까닭인지 민들레를 좋아하지 않았다. 그런 건 지저분하다는 유모의 말에 나는 민들레를 애타게 바라보다가 이따금 한 송이 꺾어 향을 맡기나 했지 차마 집에 가져오지는 못했다. 그래도 민들레는 여전히 나에게 런던의 내음으로 남아 있다. 살아 있는 것에 대한 다른 한 가지 기억은 식물학자가 새포아풀이라고 부르는 작은 풀꽃으로 런던의 공원과 뜰에서 많이 마주친다. 이 식물들이야말로 런던에 관한 내 기억에서 가장 밝게 빛나는 조각들이다.

인물 가운데서는 유모 마슨 외에 유모를 거들던 하녀 레티샤와 키가 껑충한 하인 조지, 집사 포울터 그리고 언니의 프랑스인 가정교사 비쉐 양 정도가 기억난다. 나에게 중요했던 순서대로 꼽아본 것이다. 집의 현관 옆으로 거리에 면한 작은 방은 공부방이었다. 나도 가끔 허락을 받고 이 방에 들어가 집 앞에 세워진 마차를 구경했다. 육십 년 전에는 마차도 썩 대단한 구경거리였다. 커다란 바퀴 위에 노란색 차체가 높다랗게 걸려 있고 화려한 덮개를 씌운 마부석에 실크스타킹과 흰 가발 차림의 마부가 앉은 모습은 보기에도 눈이 부셨다. 당시만 해도 일정한 격식이 지켜지던 시절이어서 오후 나절 하인들은 제복을 갖춰 입었다. 시골로 이사한 뒤로 노란 마차는 보관 창고 깊숙한 구석에 들어가 한참 사용되지 않다가 언니가 사교계에 진출하면서 다시 마구를 씌운 말들이 언니를 마차에 태워 무도회에 데려갔다.

옛 시골집은 잡목림이 잘 가꿔져 있어서 어릴 때부터 나는 좋은 수종의 잡목과 정원수를 가까이 접하며 자랐다. 목련, 가죽나무, 가래나무, 잎이 뾰족뾰족 갈라진 예쁜 너도밤나무, 깃털처럼 가벼운 잎새의 낙우송에 이르기까지 나무 종류도 여러 가지였다. 그뿐인가. 화려한 보라철쭉, 어여쁜 노랑철쭉, 칼미아, 마취목, 미나리아재비 덤불도 있었다. 에어셔로즈, 시나몬로즈, 로사루시다를 비롯한 장미며 귀여운 채송화도 있었는데, 유독 초본식물만은 드물어 좀처럼 찾아보기 힘들었다. 집에서 좀 떨어진 채마밭 가장자리에 초본식물 몇 종이 자라긴 했지만, 꽤 드넓은 관목정원에서 나를 특히 잡아끌었던 두 가지 식물은 한 자리에 퍼져 자라던 넓은잎바위취와 수레국화였다. 그래서 하나뿐이던 파란 수레국화 무더기를 떠올리면 더 각별한 애정이 솟아오른다.

아이의 꽃밭

지금부터 다룰 이야기는 아이를 키우는 어른의 결정이 필요한 사항이 많다. 그러니 어른이 읽고 아이를 위해 자상하게 심사숙고해주면 좋겠다. 마당의 어디쯤이 아이에게 내주기에 적당한 자리인지, 어떤 상태의 땅을 아이 손에 맡기는 게 좋은지는 어른이 결정할 일.

변변찮은 구석진 귀퉁이를 아이 몫의 화단으로 떼어주는 경우도 드물지 않지만, 흔히들 나무 바로 밑이나 나무에서 가까운 언저리 자리가 아이 차지가 되곤 한다. 이런 땅은 나무뿌리가 침범하는 탓에 제아무리 경험이 풍부한 사람이라도 뭔가를 키워내기가 여간 어렵지 않다.

제 화단을 가꾸고 싶어 하는 아이에게 그렇게 골치 아픈 자리를 내주다니 공평하지도 않고 합당하지도 못한 처사다. 굳이 아이에게 기초 단계부터 직접 자기 화단을 만들게 하지 않아도 괜찮다. 특별히 그러고 싶어 하는 진취적인 아이라면 모를까, 아니라면 기초 단계는 건너뛰게 해주는 편이 더 낫다.

물론 어른이 빤한 유도신문을 던지면 아이는 쉽게 걸려든다. 아이의 자존심과 자긍심을 건드리는 말투로 이렇게 물어보자. "너도 너만의 화단을 만들어서 네 힘으로 가꿔보고 싶지 않니?" 십중팔구 아이는 "하고 싶어요"라고 대답하겠지. 그런데 아이에게 두 종류의 땅을 보여준다면, 어여쁘고 아담한 꽃밭과 아무것도 없는 공터를 보여주고 어느 쪽을 가지고 싶냐고 묻는다면 아이가 뭐라고 대답할는지 짐작이 되고도 남지 않은가?

손바닥만 한 소박한 화단이라도 제대로 구상해서 만들자 들면 규모가 큰 정원을 만들 때 못지않은 자질과 지식과 기술력이 필요하다. 그러니 아이가 정원을 사랑하고 소중히 여기도록 도와주려면 나는 미리 마련된 예쁜 꽃밭을 제 몫으로 주는 것이 가장 좋은 방법이라고 생각한다. 실제로 식물을 심는 것도 장차 배워야 하겠지만, 그건

조금 나중으로 미루는 편이 더 낫다. 이미 만들어진 꽃밭을 매일 돌보는 일부터 시작하는 게 좋다. 그 편이 아이에게 더 재미있고 흥이 난다. 화초에 무엇이 필요한지 살피고 돌보는 일은 결과를 바로바로 눈으로 확인할 수 있다. 아이로서는 실수와 실패의 늪에서 허우적대며 무엇인가 땅 위로 솟아날 때까지 연중 절반 이상의 시간을 기다림 속에서 보내기보다는 오늘 당장 보살필 예쁜 화초를 갖는 편이 어느 모로 보나 더 즐겁고 기운이 난다. 조만간 포기 나눔과 다시 심기를 위해 화초를 옮겨줘야 할 시기가 찾아올 텐데, 이런 다시 심기만 해도 아이에게는 재미있는 사건이자 나름대로 새로운 실습이 된다.

아이에게 제 몫의 화단을 맡기기 전에 먼저 반드시 도구 사용법을 가르쳐야 한다. 채마밭에는 항상 비어 있는 고랑이 있게 마련이니 아이가 손으로 하는 가장 중요한 세 가지 작업, 삽질과 괭이질과 갈퀴질을 꼼꼼히 배워 연습해볼 수 있다. 집안 어른 중에 노련한 정원사가 있어서 아이에게 도구를 사용하고 관리하는 법을 차근차근 가르쳐줄 수 있다면 아이가 제 화단에서 도구를 사용해야 하는 경우 저 혼자 터득하도록 놔두는 것보다 훨씬 바람직하다. 잘 골라진 땅에서 반 시간 정도 쉬지 않고 흙 파기를 연습하다 보면 어린 손과 팔과 등도 곧 방법을 익힌다. 괭이질과 갈퀴질 역시 마찬가지다. 갈퀴질은 처음에는 꽤 어려워서 상당히 많이 연습해야 한다. 뾰족한 갈퀫발이 땅에 꽂히기 쉬워서 헤집은 흙을 고르든 돌멩이, 잔가지, 쓰레기 조각을 모으든 여하튼 가벼운 동작으로 갈퀴를 다시 거두려면 제법 능숙한 솜씨가 필요하다.

책을 통해 이런 작업을 가르치려 드는 것은 부질없다. 도구를 다루는 모든 일이 그렇듯 구구절절 설명을 늘어놓기보다 직접 보여주는 편이 낫다. 이런 작업과 관련해 활자화된 설명이 그나마 유용한 경우는 초보자에게 갈퀴나 괭이나 빗자루를 사용할 때 양손에 고르게 힘을 주는 습관을 들이라는 조언 정도겠다. 오른손을 위에 왼손을 아래에 두고 일을 하다가 손의 위치를 반대로 바꿔 일하는 습관을 들이면 전반적으로 작업이 능숙하고 편하며 무엇보다 몸이 훨씬 덜 지친다. 다만 손을 바꿔 쓰지 않는 삽질에는 이 방식이 적용되지 않는다.

아이에게 적합한 도구를 제공하는 것도 중요하다. 제대로 만든 소형 도구를 과연 가게에서 구입할 수 있을지는 의문이다. 철물점에서 '여성용 도구'라며 손잡이에 광택제를 바르고 날을 파랗게 칠한 도구를 파는데, 대개 아이에게 이런 도구가 주어진다. 모양은 볼품없고 균형은 맞지 않고 제일 튼튼해야 함에도 오히려 부실하다. 아이가 쓸 도구는 지역의 솜씨 좋은 대장장이가 만들어야 한다. 손잡이부터 조그만 손이 쥐기에 알맞도록 세심하게 모양을 잡고 흠 없이 매끄럽게 만들되 광택제는 바르지 않아야 좋다. 쇠갈퀴는 견고한 기성품 가운데 가장 작은 크기면 괜찮겠지만, 역시 손잡이는 더 가늘고 가벼운 것으로 바꿔 다는 편이 좋다.

꼭 갖춰야 할 도구로는 삽, 갈퀴, 괭이, 작은 원예용 나무 바구니, 날이 뭉툭한 제초칼이 있고, 그 밖에 잘 드는 커터칼, 모종삽, 소형 갈퀴, 작은 손수레 등이 있다. 원예용 묶는 끈과 개암나무 가지 몇 묶음 그리고 흰색 페인트도 조금 필요할 수 있다. 밝은 벤치를 갖춘 조그마한 공구창고가 있어 벽에 제각각 자리를 정해 도구를 걸어두면 더할 나위 없다. 도구는 절대로 더러운 상태로 보관하면 안 된다. 작은 나무 용구 정도는 어느 아이라도 제힘으로 깎아 만들 수 있으니, 항상 벤치에 두고 삽이나 모종삽에 달라붙은 흙을 긁어내는 용도로 쓰면 된다. 정원사에게 물어보면 어떻게 만드는지 알려줄 것이다. 자작나무 빗자루도 하나쯤 필요하겠다.

작은 뜰을 시작하기에 알맞은 때는 늦여름이나 초가을 무렵이다. 늦어도 9월까지는 땅의 사전 준비를 마쳐야 화초를 심기 전에 흙이 충분히 자리를 잡는다. 10월 말이나 11월 초까지는 화초가 제 위치에 놓일 수 있도록 사전에 세세한 사항을 하나하나 정확하게 계획해두어야 한다. 그 과정이 내내 아이에게는 배움의 시간이다. 아이가 전체 작업을 지켜보며 질문하게 하고, 어째서 모든 일이 그렇게 이뤄지는지 설명을 들려줘야 한다.

그러다가 이른 봄, 식물이 삐죽이 흙을 밀고 올라오고 스노드롭이 작고 흰 봉오리를 보여주는 때가 오면 한 해의 일이 시작된다. 경험이 풍부한 어른이 작은 뜰과 그 뜰의 어린 주인을 유심히 지켜봐주면서 매주 할 일이 무엇인지 가르치고 시범을 보여줘야 한다. 가장 먼저 할 일은 잡초 뽑기일 테니, 먼저 작은 원예용 바구니와 손가락을 보호할 뭉툭한 제초칼 그리고 그 밖의 도구가 일 년 내내 차례차례 등장한다.

아이가 두세 명일 경우, 각자 자기 뜰을 가지는 게 나을지 뜰 하나를 공유하는 게 나을지도 고려할 필요가 있다. 아이로서는 각자의 소유가 생긴다는 기쁨이 어마어마하기 때문에 아이에게 선택권을 준다면 아마도 무턱대고 각자 제 땅을 가지고 싶다고 대답할 가능성이 크다. 그런데 그렇게 하면 뜰을 보기 좋게 가꾸기가 아주 힘들어지는 반면 함께 힘을 모으면 뜰이 아주 근사해질 수 있다는 사실을 아이는 잘 모른다. 때때로 누구 한 사람이 아프거나 집을 비울 수도 있고 제 뜰을 아끼던 아이가 학교에 다니게 될 수도 있다는 점 또한 기억해야 한다. 혼자 소유하는 뜰은 이런 상황에 놓이면 돌봄이 소홀해지지만, 공동 소유 정원은 그런 상황에 놓일 일도 없으며 뜰 전체가 고르게 보살핌을 받을 수 있다.

나의 첫 정원

처음으로 내 마음대로 할 수 있는 나만의 정원이 생겼을 때 나의 기쁨과 뿌듯함은 대단했다. 우리 집 큰 정원의 관목숲 끄트머리에 관목숲과 생울타리 사이 좁고 길게 비어 있는 땅 조각이 나에게 주어졌다. 생울타리 발치에 얕은 도랑이 흐르고 울타리 저편 더 높은 지대에는 너른 들판이 오르막 비탈로 이어지다 가파른 언덕 기슭을 만나는데, 나무가 우거진 이 언덕으로 앵초를 따러 가곤 했다. 생울타리 꼭대기에는 들판 높이까지 개암나무가 자랐고 서늘한 울타리 전면은 양치식물과 디기탈리스, 앵초, 매발톱이 지천으로 피어났다. 이 점은 내 정원

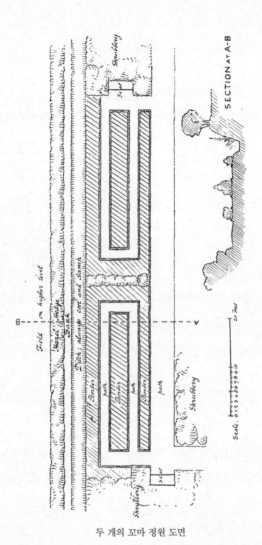

두 개의 꼬마 정원 도면

에도 크게 이득이었다. 내한성이 강한 양치식물 수풀은 꽃밭에 보기 좋은 뒷배경이 되어주는 데다 여름과 가을 내내 심지어 한겨울까지도 여전히 아름다우니 말이다.

옆에 실린 그림은 내 정원의 도면이다. 나의 정원과 언니의 정원이 나란히 붙어 있으니 두 정원의 도면이라 하는 게 맞겠다. 아주 단순한 배열이지만, 주어진 공간과 위치를 고려하면 이보다 나은 배열이 가능할 성싶지 않다. 정원의 좁은 가장자리에는 상자로 깔끔하게 테두리를 지었다. 도면은 지도와 같은 것이고 학교에서 지도 사용법을 배울 테니 도면을 이해하기는 어렵지 않겠지만 그래도 이해를 돕기 위해 몇 가지 설명을 덧붙여보겠다.

두 개의 꼬마 정원이 관목숲과 들판 사이에 어떻게 자리 잡고 있는지 도면이 잘 보여준다. 관목숲 오솔길이랄까 여러 갈래 샛길 중 하나가 남쪽에서 이어져 언니네 꽃밭의 정자와 만난다. 이 자갈길은 오른쪽으로 급히 꺾여져 언니네 정원과 내 정원을 차례로 지나 더 멀리 관목덤불과 농원까지 계속되다가 마침내 방향을 틀어 다시집 쪽으로 되돌아온다. 집은 한참 멀리에 있다. 꽃밭의 경계는 도면에서 이른바 '해칭hatching'이라 불리는 빗금 표시된 부분이다.

시원한 울타리 아래에서 자라는 양치식물

봄이면 언니와 나의 정원에는 앵초, 물망초, 노란 알리섬, 흰장대나물, 아우브리에타가 피어났고 군데군데 평범한 노란 겹수선화도 자랐다. 지금이야 아름다운 수선화종이 갖가지 다양하지만 오십 년 전만 해도 한두 가지 예외가 있었을까 대부분 아직 소개되기 전이었다. 그 밖에 봄꽃으로는 잠깐 왔다 금세 가버리는 자주괴불주머니가 기억에 남는다. 요즘은 아름다운 형형색색 화초의 종류가 엄청나게 다양해서 옛날 시골집 정원에 피어나던 이 꽃이 쉽게 잊히지만, 나는 그 소박하고 덤덤한 자줏빛 꽃이며 귀엽고 둥글둥글한 노랑 뿌리를 한결같이 사랑한다. 우리가 튤립을 키웠는지는 기억나지 않는다. 지금은 손쉽게 구할 수 있는 구근식물을 당시에는 마음껏 심기 어렵기는 했어도 이따금 튤립 꽃밭을 잘 가꾼 시골집 정원도 눈에 띄었다.

여름꽃으로 우리는 아코니툼을 키웠지만, 독성이 아주 강한 식물이라 지금의 나라면 어린이의 꽃밭에 결코 심지 않을 게다. 그 밖에 루피너스와 매발톱, 일년생 제비고깔과 금잔화 그리고 친근하고 향긋한 정원 장미들, 다마스크로즈, 캐비지로즈, 채송화, 흰 패랭이꽃도 있었다. 우리 정원의 정자 위에 피어나던 부르소로즈는 내가 아는 모든 장미 가운데 가장 선명한 분홍, 가장 선명한 분홍빛 하양 색조를 띠었다. 특히 건조한 토양일수록 정원에서 키우는 꽃은 모양이 제대로 잡히지 않는 경우가 많은데도 우리 정원의 장미는 충분히 잘 자라 어여쁘기가 이를 데 없었다. 가시 하나 없이 붉은 줄기가 어찌 그리도 매끈한지 나는 종종 탄복하곤 했다. 그 꽃이 무슨 장미종인지 잘 알지도 못하던 시절이었다. 그저 우리끼리 오래된 정자 장미라고 부르던 이름으로 족했다. 관목숲에도 당시 이름을 모르던 덩굴장미 두 종이 자랐는데, 이제는 로사 루시다와 시나몬로즈라는 이름을 알고 있다. 귀여운 진달래, 목련, 오래된 자주 철쭉 덤불 외에 여러 가지 상록수도 자랐다.

스위트피 울타리를 중심으로 두 개의 꼬마 정원이 나뉘어 있었고, 마담플랑치로 짐작되는 흰 장미가 덩굴을 이뤘다. 해마다 8월과 9월을 와이트섬에서 보낸 까닭에 늦여름이나 가을용 화초는 따로 기르지 않았다. 휴가지에서 돌아와 보면 화초가 방치되어 마구 웃자라 있던 딱한 광경이 여전히 기억난다. 손바닥만 한 꽃밭이어도 겨울을 대비해 말끔히 해두자면 한참을 치워야 했다.

나중에 근처 작은 땅이 한 조각 더 나에게 주어졌다.

꽃밭이라기보다는 대충 어질러놓는 장소에 가까웠다. 양배추, 래디시, 겨자, 큰다닥냉이 등을 심고 열심히 가꿔봤지만, 들인 수고에 비해 별로 거두지는 못했다. 그래도 혼자 하는 노동이 재미있어 시간 가는 줄 몰랐다. 내 꽃밭에서 몇 야드밖에 떨어져 있지 않은 자리라 꽃밭과 나란히 같은 생울타리가 남쪽을 둘러 막아줬다. 서쪽으로는 또 다른 생울타리가 지면에서 꽤 높이, 짐작건대 대략 6피트 가까이 높이로 서 있었다. 높이만 높은 게 아니라 깊이도 상당해서 폭이 4야드는 되었다. 개암나무와 제법 굵은 떡갈나무가 울창하고 검은딸기나무 덤불에는 꿩이 둥지를 틀곤 했다.

생울타리 한쪽에는 단단한 꽃 머리 탓에 종종 놀잇감으로 삼던 분홍수레국화가 군락을 이루고 있었다. 놀라울 만큼 줄기가 억세고 머리가 단단해서 병정놀이를 하기에 좋았다. 내 조각 땅 옆으로 파인 토탄질의 도랑에는 위쪽 지대에서 물이 아주 조금씩 내려오기는 하는데 흐를 만큼 수량이 넉넉하지는

분홍수레국화

않았다. 생울타리 높은 데까지 기어올라 도랑 건너 내 꽃밭으로 훌쩍 뛰어내리는 놀이도 큰 재미 중 하나였다. 두 방향의 생울타리가 만나는 모퉁이에 도랑 폭이 좀 넓어지는 자리가 있어서 나는 항상 시커먼 진흙을 파내고 내 물뿌리개를 채울 만큼 깊숙하게 웅덩이를 만들곤 했다.

생울타리에서 떨어진 다른 편으로는 오래된 월계수들이 우뚝 서 있어서 찌르레기와 개똥지빠귀가 둥지를 틀기에 알맞았다. 월계수 사이에 9피트 정도 되는 공터에는 내 헛간을 지었다. 집짓기에 대해 아무것도 모르던 시절이라 그저 버드나무며 개암나무 가지로 윗가지를 엮고 유연한 버드나무 줄기를 구부려 묶어 만들었다. 윗가지와 진흙 반죽으로 벽을 만드는 방법을 어디선가 읽기도 했고 마침 진흙이 있는 장소까지 발견하기는 했는데, 내 꽃밭에서 꽤 떨어진 소택지에 있어서 오가기가 쉽지 않았다. 내 조그만 손수레에 한두 짐 퍼 나르고 나니 몰골은 엉망이 되었고, 그 꼴로 학교에 갔다가 좋은 대접을 받지 못한 이후로 진흙 퍼 나르기를 그만두었다.

그래서 내 헛간은 나뭇가지로만 엮은 헛간이랄까, 실상은 뼈대만 앙상한 정자 같은 모양새가 되었다. 가구라고는 내가 널빤지 몇 조각으로 만든 등받이 없는 의자가 전부였다. 만듦새가 엉성해서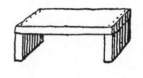
앉을 때마다 기우뚱거렸지
만, 아주 조심하며 앉는 방
법을 이내 터득한 덕분에 용
케 부서지지는 않았다. 의자 가장자리 밑에 작은 조각을
하나 덧대 위아래로 못 박는 방법만 알았더라면 제법 단
단한 의자가 될 수도 있었을 텐데. 그 점은 아쉽지만, 나
는 늘 피곤할 때 걸터앉기에는 어른용 손수레만한 것이
없다고 생각하기는 했다. 쿠션이나 낡은 마대 자루라도
한 장 깔면 꽤나 폭신하고 편안한 자리가 되었다.

도면 그리는 법

도면에 관해 몇 가지 더 이야기해볼까. 크지 않은 공간을 일정한 축척으로 줄인 지도가 곧 도면이다. 축척이 무엇인지도 곧 설명하겠다. 도면은 일정한 공간을 위에서 내려다보는 듯한 시선으로 보여준다. 탁자에 엎드린 자세로 탁자 모서리 너머에 시선을 줄 때 시선 바로 아래 바닥에 접시가 놓여 있다면 접시가 평면도로 보인다.

그런데 평평하지 않은 땅 위에 집을 짓거나 정원을 설계해야 할 때는 단면도가 추가로 필요하다. 단면도가 무엇인지 보여주려고 앞서 정원 도면도 아래 작은 단면도를 추가로 그려놓았다. 땅을 수직으로 잘랐을 때 보이는 단면을 나타내는 그림이다. 실제로 그렇게 단면을 자를 일이야 없겠지만 사물의 높이를 보여주기에 편리한 방법이다. 들판이 정원보다 얼마나 높이 위치하는지, 디기탈리스와 양치식물이 심어진 생울타리의 경사가 얼마나 가파른지 단면도를 보면 한눈에 알 수 있다. 도면 가운데 글자 A에서 B까지 이어진 점선이 있고 아래쪽 그림에 'A-B 단면도'라는 표제가 달려 있다. 이로써 어디를 자른 단면도인지 알 수 있다.

건축물과 토대를 그림으로 나타내는 또 다른 관점으로 입면도가 있다. 선 채로 집의 어느 면을 똑바로 바라볼 때처럼 어떤 사물의 수직면을 보여주는 그림이다. 실제로 사물을 볼 때는 원근법 때문에 정확히 입면도에 그려진 것처럼 보이지 않는다. 평면도에 그려진 대로 보이지도 않는다. 차츰 이해하게 될 테니 그 점에 대해서는 신경 쓰지 않아도 된다.

무엇인가를 건축하거나 땅의 기초공사에 착수하려면 먼저 평면도, 단면도, 입면도가 필요하다. 내가 그린 야옹이 그림 중에도 145쪽 그림처럼 평면도가 있는가 하면, 141쪽 그림처럼 입면도가 있다. 케이크를 바닥에 내려놓고 위에서 내려다보면 윗면만 보이고 옆면은 전혀 보이지 않는다. 이렇게 보이는 것이 평면도다. 눈높이와 수평이 되도록 케이크를 어딘가에 올려놓고 본다면 입면도로 보는 것이다. 그리고 케이크를 절반으로 자르면 각각 잘린 단면에 보이는 모습이 단면도가 된다. 여기 우리에게 친숙한 몇 가지 물체를 각각 입면도, 단면도, 평면도로 그려 놓았으니 이해하는 데 도움이 되기를 기대한다.

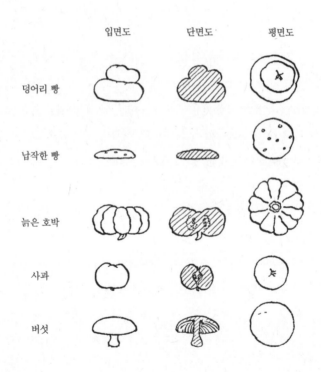

	입면도	단면도	평면도
덩어리 빵			
납작한 빵			
늙은 호박			
사과			
버섯			

언젠가는 아이도 자신만의 큰 정원을 가지게 될 텐데, 도면을 잘 이해하면 크게 도움이 된다. 직접 도면을 그릴 수 있다면 더할 나위 없겠지. 축척에 대해서는 여기서 설명을 해줘야겠다. 제대로 된 도면에는 반드시 축척이 표시되어 있다. 그림의 크기와 토지나 주택의 실제 크기의 비율을 나타낸 것이 축척이다. 주택 도면은 대개 이른바 1:8 축척으로 그린다. 말하자면 8피트를 1인치로 축소한다는 뜻이니 도면에서 1/8인치가 실제 주택에서 1피트에 해당한다. 2피트 길이 자에 보면 1인치를 8등분한 눈금이 표시되어 있다.

지금 이런 것까지 세세하게 설명하는 이유는 도면이 의미하는 바를 알고 나면 주택과 정원의 형태를 이해하는 데 한결 도움이 되기 때문이다. 지도를 보면서 영국의 자치주가 쉽게 파악되거나 인쇄된 종이를 보면서 글자가 쉽게 이해되듯 말이다. 한편으로는 내가 어릴 때 누군가 이런 것을 가르쳐줬더라면 자라면서 참 고마웠겠구나 하는 생각에서 설명하는 것이기도 하다. 나는 제법 나이가 지긋해질 무렵 내 힘으로 모든 것을 하나하나 알아가야만 했으니까. 나이가 들면 새로운 것을 배운다는 자체가 이미 만만치 않은 일이다.

그림 그리기, 다시 말해 특별한 기구를 쓰지 않는 자재
화법은 많이들 배우고 있으리라 생각한다. 도면 그리기는
자유로운 그림 그리기와 달리 손으로만 그리지 않고 각
종 기기와 도구를 사용해서 기계제도법이라고 부른다. 제
도판, T자, 삼각자, 면을 나눌 때 쓰는 분할기, 양각기 정
도를 가지고 아주 간단하게나마 기계제도법을 배워두면
아주 유익하다. 연필을 꽂아 쓰는 귀여운 양각기 하나로
도 이따금 온갖 재미난 패턴을 만들 수 있다. 기계제도법
이라는 명칭이 좀 따분하게 들려서 그렇지 사실은 신기
하고 재미난 것으로 가득하다.

아주 간단한 한 가지 방법을 말해줄 텐데, 혹시 학교
에서 유클리드 기하학을 배우는 형제가 있거든 그 원리
를 물어보면 된다. 우리가 흔히 타원형이라고 부르는 모양
으로 화단을 만들고 싶다 치자. 그럼 먼저 나무막대기 두
개를 8피트 정도 거리를 띄워 땅바닥에 수직으로 꽂는
다. 그런 다음 튼튼한 끈을 하나 가져와 양쪽 나무막대기
에 크게 감고 양 끝을 묶는데, 이때 두 막대기에서 조금
떨어져 두 막대기가 일렬로 보이는 위치에 서서 내 몸에
더 가까운 막대기를 기준으로 1야드 정도 거리를 두고 매
듭을 묶는다. 다른 나무막대기를 손에 들고 이 끈의 고리

안에 끼우고 끈이 팽팽해지도록 당긴다. 그런 다음 막대기를 수직으로 세우고 끈을 계속 팽팽하게 유지한 채로 둥글게 걸으면서 손에 수직으로 쥔 막대기로 땅바닥에 선을 긋는다. 그럼 그 선이 완벽한 타원을 그린다. 특별히 원하는 화단의 길이와 폭이 있다면 땅에 고정하는 막대기의 거리와 끈의 길이를 가지고 원하는 크기가 그려질 때까지 이런저런 시도를 해봐야 한다.

이런 방법이 경험에 바탕을 둔 주먹구구식이라면 과학적으로 혹은 이론적으로 접근하는 다른 방법도 있다. 이론적인 방법을 알고 싶으면 수학을 공부해서 유클리드 기하학을 이해하는 손위 형제에게 물어보는 게 좋다. 그래도 뭐니 뭐니 해도 재미난 것은 주먹구구식 방법이다. 몇 번 해보면 두 막대기의 거리를 멀리 띄울수록 타원의 크기가 더 좁고 작아진다는 사실을 깨닫는다. 집에서도 연습해볼 수 있다. 평평한 판 위에 종이를 한 장 놓고 막대기 대신 튼튼한 핀을 두 개 박은 다음 끈 대신 잘 끊어지지 않는 실을 사용하고 타원을 그리는 막대기 대신 연필을 이용해 그려보자.

이런 재미난 편법 가운데 한 가지만 더 일러주겠다. 정원의 기초공사를 할 때 곧잘 필요한 것으로 직각을 찾는 방법이다. 곧은 오솔길이 하나 있는데, 이 길에서 수직으로 빠지는 다른 길을 하나 내야 한다고 가정해보자.

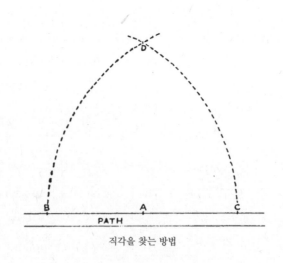

직각을 찾는 방법

우선 튼튼한 끈을 준비해 한쪽 끝을 쇠못에 묶어야 한다. 원예용 노끈은 이미 이렇게 묶여 나오고 풀었다 감았다 하기가 편리하니 안성맞춤이다. 게다가 못도 얼레도 땅에 박기 좋도록 끝이 뾰족하다. 노끈을 준비했으면 먼저 지금 있는 길에서 새 길이 갈라져 나와야 하는 지점—그림에 A로 표시된 지점—에 쇠못을 꽂는다. 그런 다음 A에서 길을 따라 일정한 거리, 예컨대 5야드 정도 떨어진

지점을 표시하고 이 지점을 B라고 하자. 노끈을 들고 A에서 B까지 정확한 길이를 재고 다시 A에서 반대편으로 그 거리만큼 움직여 C지점을 찾는다. B지점과 C지점에 작은 나무못을 꽂아 표시한다. 이번에는 A에 꽂아둔 노끈 끄트머리 쇠못을 뽑아 B지점에 꽂는다. 그리고 B에서 C까지 닿도록 노끈을 충분히 풀고 노끈 얼레의 뾰족한 끝을 이용해 D방향으로 곡선을 긋는데, 선을 긋는 내내 얼레를 수직으로 세우고 노끈을 팽팽하게 유지해야 한다.

다 됐으면 이제 B에 꽂아둔 쇠못을 뽑아 C에 꽂는다. 조금 전과 같은 길이로 노끈을 풀어 다시 D방향으로 곡선을 긋는다. 이 두 곡선이 만나는 지점에 나무못을 꽂아 표시한다. 여기가 바로 A와 직각을 이루는 지점이다. 이제 A와 두 곡선이 만나는 지점에 각각 쇠못을 꽂는다. A지점으로 걸어가 A의 쇠못이 D의 쇠못과 직선을 이루도록 위치를 바로잡자. 이렇게 해두면 이것을 측정의 기준선으로 삼아 두 쇠못과 직선이 되도록 다른 쇠못을 꽂을 수도 있고 원예용 노끈을 매두거나 원하는 만큼 길게 선을 낼 수도 있다.

이것 역시 유클리드 기하학의 원리이니 집에서 핀과 실을 가지고 연습해볼 수 있다. 제일 쉬운 방법은 제도판에

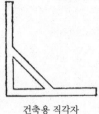

건축용 직각자

종이를 깔고 T자와 삼각자로 그려 보는 것이다. 야외에서 건축용 직각자를 이용해 그려볼 수도 있다. 그림처럼 L자 모양에 중간에 버팀대를 세워 형태가 유지되도록 만든 나무 자를 말하는데, 자의 한 면을 기댈 수 있도록 아주 정확한 직선을 찾지 못하면 잘못 그리기 십상이니 주의해야 한다.

꽃밭에 무슨 꽃을 심을까

어린이에게 주어지는 자그마한 꽃밭에 많은 종류의 식물을 심기는 힘들다. 그래서 이런 꽃밭에 가장 어울린다고 생각하는 몇 가지만 이야기해주려 한다. 최고의 정원사라 해도 작은 화단을 봄부터 가을까지 내내 꽃이 만발하도록 가꾸기는 어려운 노릇이다. 그러니 여건이 된다면 이런 방법도 괜찮다. 봄에 꽃을 보려면 가을에 미리 집의 큰 정원에서 몇 가지 식물을 가져와 심었다가 꽃을 피우고 나면 파서 가을에 다시 옮겨 심을 때까지 따로 여분의 구석에 심어둔다. 그리고 이 식물이 있던 자리에 튼튼한 반내한성 일년초를 심어둔다. 키 작은 천수국과 만수

봄철 꽃밭

국, 아게라툼, 과꽃에 곁들여 버베나나 헬리오트로프 같은 이른바 화단용 화초 가운데 좋아하는 두어 가지를 어른 정원사에게 얻어 6월 초에 심으면 좋겠다.

그래도 수선화, 크로커스, 스노드롭, 아우브리에타, 점나도나물, 알리섬, 장대나물, 어여쁜 물망초 등도 몇 다발쯤은 키우자. 노랑, 하양, 분홍 튤립도 권하고 싶다. 아우브리에타, 점나도나물, 물망초는 나중에 파내고 다른 식물을 심어도 괜찮다. 이베리스 한 종 정도는 파내지 말고 두기 바란다. 비록 꽃은 봄철로 끝이지만 짙은 초록 잎이 일 년 내내 다른 식물과 어우러져 보기에 참 좋다. 매발톱도 빼놓을 수 없다. 꽃송이가 큰 흰 매발톱이 제일 좋다. 마치 작은 비둘기 떼가 서로 얼굴을 마주 보고 둥글게 앉은 듯 즐겁고 사랑스러운 꽃을 피운다.

흰 패랭이꽃도 몇 다발 심어야 하는데, 아예 화단 한쪽은 삭시프라가 우르비움을 섞어 패랭이꽃으로 테두리를 두른다면 더 좋겠지. 옆에 실린 사진에 내가 가꾸는 봄철 꽃밭의 한 귀퉁이가 담겨 있다. 4~5월에 이렇게 꽃이 만발한 꽃밭은 매우 드물다. 내 경우는 아예 봄철 꽃밭으로 만들려고 정원 한 귀퉁이를 온전히 봄꽃에만 할당했다. 여건이 된다면 푸른빛이 감도는 연보랏빛 작은 꽃이 무리 지어 피어나는 큰지면패랭이 한두 종과 5월에 꽃을 피우는 키 작은 보랏빛 붓꽃도 심어보자. 서늘하고 그늘진 구석에는 사향물미나리아재비와 헐떡이풀이 걸맞다. 다년생 루피너스나 부채붓꽃, 작약은 제법 크기가 큰 식물이지만 자리가 있다면 꼭 심기를 추천한다. 6월에는 주황백합 한 다발과 흰디기탈리스 한두 포기, 거기다 서늘한 그늘에는 파란 꽃이 예쁜 사국이질풀이 있으면 좋겠지.

장미 중에서는 연분홍 방울 같은 꽃과 단정한 덤불이 보기 좋은 미뇨네트와 월계화, 다마스크로즈, 캐비지로즈까지는 기르면 좋겠다. 그 이상 심기에는 자리가 없겠지만 그래도 혹시 장미를 심을 만한 정자라든지 생울타리나 담장이 있으면 덩굴장미 한두 종은 키울 수 있을지 모른다. 꽃밭 옆에 운 좋게 호랑가시나무 덤불이나 그 밖에 키 큰 덤불이 있을 때도 덩굴장미를 키울 수 있을 텐데, 어느 종류든 상관없지만 갈란드로즈가 최고이긴 하다. 장미 덩굴이 덤불을 타고 오르면서 군데군데 흘러내리도록 두면 꽃봉오리가 터질 때 몇 송이는 코끝에 향기를 전해준다. 장미가 피어난 아치는 언제 봐도 예쁘지만 아치를 두는 게 좋은지 아닌지는 꽃밭 형태가 어떤지, 어떻게 접근할 것인지에 따라 달라진다.

정원사에게 부탁해 금어초를 조금 얻어 오면 좋다. 대개 정원사는 3월에 씨앗을 뿌려두고 4월에 모종을 뽑아 상자나 온상으로 옮긴다. 이때 어떻게 하는지 잘 배워두었다가 정원사에게 일손을 보태주면 달가워할 게다. 10월이나 11월에는 잊지 말고 종꽃도 좀 얻어 오자. 7월에는 뭐니 뭐니 해도 종꽃이 제일이다. 7월부터 가을까지 내 작은 꽃밭의 광채를 책임지는 것은 6월이 시작되면서 바로 옮겨 심어둔 반내한성 일년초와 그 밖에 화단용 화초다. 봄철 화초를 치운 자리와 화단의 빈자리를 고루 메워준다. 생장이 빠른 아스터도 한두 종 있으면 좋다. 아크리스와 아멜루스가 특히 예쁘다. 참제비고깔, 다알리아, 접시꽃, 트리토마처럼 늦여름부터 가을까지 꽃을 피우는 몸집이 큰 식물은 아마 심을 자리가 없을지도 모른다. 그래도 집의 큰 정원에 심어져 있을 테니 눈으로 즐기고 정원에 어떤 효과를 가져오는지 배워두기 바란다.

어쩌면 내가 읊은 식물을 모두 심을 만큼 꽃밭이 크지 않을 수도 있다. 그럴 때는 각자 자신이 가장 좋아하는 것을 선택하면 된다. 가능하면 작은 스위트피 울타리는 꼭 가꾸면 좋겠다. 일찌감치 3월에 씨를 뿌리면 7월에 꽃을 피울 텐데, 다른 꽃도 그렇지만 특히 스위트피는 계

널돌 틈에 핀 아르메리아

속 꽃을 보고 싶으면 씨앗 꼬투리로 변하기 전에 꽃이 시들자마자 바로 잊지 말고 꽃송이를 잘라줘야 한다. 3월에 일년초 씨앗을 뿌릴 만한 자리가 있으면 미뇨네트, 파란 꽃이 아름다운 네모필라와 파켈리아, 분홍 조밥나물, 니겔라, 겹꽃을 피우는 고데티아, 한련화 정도가 제일 좋다.

울퉁불퉁한 돌층계나 쉼터 앞에 널돌 같은 것이 깔려 있으면 돌층계 아래 나란히 핀 작은 캄파눌라나 그늘진 층계 수직면을 뒤덮은 아레나리아 발레아리카처럼 작고 귀여운 식물을 떠올려볼 수 있다. 널돌 틈새 여기저기에 얼굴을 내민 작은 식물이 얼마나 귀여운지 모른다. 옆에 실린 사진에서 이렇게 널돌 틈에 자라는 아르메리아가 보이고 잘 찾아보면 쉼터에 앉아 있는 야옹이 블래키도 보인다. 이오놉시디움이라 불리는 아주 작고 귀여운 일년초도 보이는데, 9월에 한 번 미리 돌 틈에 씨를 뿌려놓으면 이듬해 꽃을 피우고 그 후로는 저 스스로 파종을 한다.

한 해 내내 잡초에 대한 경계는 늦추지 않는 게 좋다. 꽃을 피우거나 씨앗을 맺기 전에 확실히 뽑아야 한다. 옛말에 "한 해 씨 뿌리면 잡초는 일곱 해를 뽑는다"고 했다. 정원을 가꿔보니 이보다 더 맞는 말이 없다. 혹시 지지대가 필요한 식물이 없는지도 자주 살펴야 한다. 종꽃과 매발톱은 지지대가 필요한데, 화초를 지지대에 묶을 때는 끈으로 줄기를 감기 전에 먼저 지지대부터 한 바퀴 둘러주는 게 안전하다. 그래야 미끄러지지 않는다. 매듭을 묶을 때도 뱃사람들이 흔히 말하는 세로매듭이 아니라 제대로 묶어야 한다. 제대로 묶은 매듭은 느슨해지지 않지만 세로매듭은 이상하게 꼬여 있어 겉보기만 단단한 풀매듭이 되거나 살짝 당기면 아예 한쪽이 풀려버린다.

옭매듭 vs 세로매듭

끈이 어디에서 어디로 들어가는지 더 정확하게 보여주려고 끈을 당겨 조이기 전의 두 가지 매듭을 그려놓았다. 두 가지를 모두 연습해서 제대로 묶는 법을 익혀둬야 한다. 제대로 묶인 매듭은 옭매듭이라 불리는데, 뱃사람들이 돛을 접어 감거나 묶을 때 쓰는 방법이다.

3장

정원에 사는 생명

잡초를 뽑자

3월이 다가오는 무렵부터는 잡초에 신경을 써야 한다. 물론 무엇이 화초인지 배워야 하듯 무엇이 잡초인지부터 배워야 하고 아주 어린 상태일 때 잡초를 알아볼 줄 알아야 하겠지. 화초와 마찬가지로 잡초에도 일년초, 이년초, 다년초가 있다. '일년초'라 함은 식물이 일 년 안에 생을 시작하고 마감한다는 뜻이다. '이년초'는 수염패랭이꽃, 디기탈리스, 종꽃처럼 첫해에 자라서 이듬해에 꽃을 피우는 식물을 가리킨다. 다년초는 두어 해에 한 번씩 포기를 나눠주면 언제까지고 살아나는 식물이다. 매해 포기 나눔을 해주면 더 잘 사는 식물도 있는데, 아스터나 일부

해바라기처럼 뿌리가 빠르게 뻗어가는 종이 그렇다. 보면 알겠지만 일년초, 이년초, 다년초라는 말이 각각 식물의 수명을 가리킨다.

일년초는 보통 3월에 씨앗을 뿌려 한여름과 늦여름에 꽃을 보지만, 추위에 강한 일년초는 가을에 씨앗을 뿌려 줄 수 있으면 더 튼튼하게 자라고 일찍 꽃을 피운다. 그런데 가을 파종은 쉽지가 않다. 8월에서 9월 사이는 정원 식물의 생장이 한창 왕성한 시기라 씨앗을 뿌리기가 어렵고 아이의 작은 꽃밭에서는 특히나 불가능한 일이다. 그러다 어느 날 어여쁜 일년초 하나가―양귀비일 수도 있고, 니겔라일 수도 있고, 다른 무엇일 수도 있겠지― 씨앗을 떨구고 저절로 싹을 틔운 것을 잡초 뽑는 시기에 발견하고서 익숙한 잡초 모종과 달라 그대로 놔둔다면 어째서 이들의 생명력이 강인하다고 하는지 직접 확인할 수 있다. 식물은 이렇게 제 스스로 파종을 한다.

이른 봄에 등장하는 잡초 중 좁쌀냉이, 소리쟁이, 민들레 이렇게 세 가지가 특히 골칫거리인데, 하나는 일년초, 다른 둘은 이년초다. 2월에 올라오지만 2월에는 별로 정원을 돌보지 않으니 3월까지 신경 쓰지 않아도 크게 상관은 없다.

먼저 좁쌀냉이를 보자. 일찍 움을 틔우는 이 작은 풀은 생김새가 오목조목하고 무해해 보인다. 학명은 카다민 히르수타*Cardamine hirsuta*로 히르수타는 털이 많다는 뜻이다. 처음에는 표면이 매끄럽다고 생각하겠지만, 다 자란 이파리를 자세히 들여다보면 이파리 가장자리와 표면에 잔털들이 보인다. 어릴 때 모습은 아래 그림과 같다.

어린 좁쌀냉이

더 일찍 눈에 익혀두지 않았다면 꽃대가 올라오는 3월부터라도 이 풀을 조심해야 한다. 작은 꽃이 피면 환하게 눈에 띄는데, 한 포기라도 놓치는 날에는 감당하기 힘든 일이 벌어진다. 꽃이 시들자마자 꽃대가 길어지면서 길쭉한 씨앗 꼬투리 안에서 작은 씨앗들이 볼록하게 여물어간다. 오른쪽 그림이 이 무렵의 모습이다. 이때 조심해야 한다. 일단 씨앗이 여물면 긴 꼬투리를 살짝만 건드려도 바깥 껍질이 말려 올라가면서 일종의 투석기처럼 씨앗을 아주 멀리까지 살포해서 다시 뜰을 제 씨앗으로 가득 채운다. 요 교활한 녀석이 눈에 잘 띄지 않도록 어두운 청동빛으로 제 색을 바꾸는 음흉한 술책을 부린다는 점도 잊으면 안 된다. 주의를 기울여 녀석이 다 자란 상태인 모습을 보고도 꽃대를 꺾어버리지 않는다면 엄청난 보복을 당할 수도 있다.

이런 옛이야기가 있다. 적을 죽여 잡아먹는 어느 부족 사람들은 용맹한 전사를 꿀꺽

꽃을 피울 쯤의 좁쌀냉이

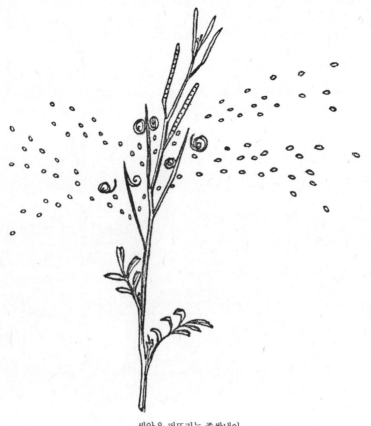

씨앗을 퍼뜨리는 좁쌀냉이

삼키면 그 전사의 훌륭한 기량이 제 몸에 들어온다고 믿
었단다. 좁쌀냉이도 그렇게 처치할 수 있다. 통째로 뽑아

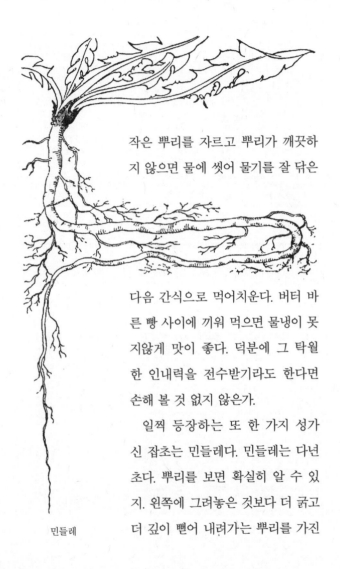

작은 뿌리를 자르고 뿌리가 깨끗하지 않으면 물에 씻어 물기를 잘 닦은

민들레

다음 간식으로 먹어치운다. 버터 바른 빵 사이에 끼워 먹으면 물냉이 못지않게 맛이 좋다. 덕분에 그 탁월한 인내력을 전수받기라도 한다면 손해 볼 것 없지 않은가.

일찍 등장하는 또 한 가지 성가신 잡초는 민들레다. 민들레는 다년초다. 뿌리를 보면 확실히 알 수 있지. 왼쪽에 그려놓은 것보다 더 굵고 더 깊이 뻗어 내려가는 뿌리를 가진

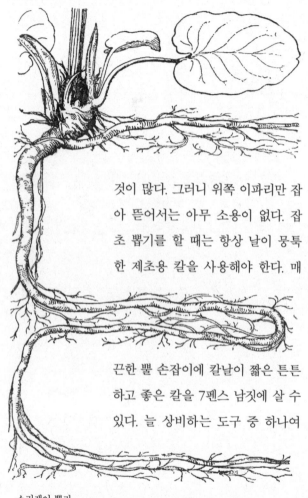

것이 많다. 그러니 위쪽 이파리만 잡
아 뜯어서는 아무 소용이 없다. 잡
초 뽑기를 할 때는 항상 날이 뭉툭
한 제초용 칼을 사용해야 한다. 매

끈한 뿔 손잡이에 칼날이 짧은 튼튼
하고 좋은 칼을 7펜스 남짓에 살 수
있다. 늘 상비하는 도구 중 하나여

소리쟁이 뿌리

야 한다. 민들레 뿌리를 다 뽑기 힘들면 흙을 좀 파내고서 최대한 깊이 칼날을 밀어 넣어 뿌리를 잘라낸다. 고작 1인치 깊이밖에 자르지 못하면 밑동에 새잎이 뭉쳐 자라면서 상황이 전보다 더 심각해진다.

'밑동'이라 함은 뿌리 바로 위쪽에 굵게 살진 부분을 가리키며 식물이 땅 위로 올라갈 채비를 해주는 부분이다. 다년초라고 해서 땅속 1인치 정도까지 윗동을 잘랐을 때 모두 새로 밑동이 무성하게 자라지는 않는다. 민들레, 엉겅퀴, 소리쟁이, 그 밖에 끈질긴 잡초 몇 종이 이렇게 강한 활력으로 새로 자라난다. 민들레와 왼쪽에 그려놓은 소리쟁이 뿌리를 보면 잎이 겨우 돋아나기 시작하는 시기에도 얼마나 뿌리가 굳건한지 알 수 있다.

가을에 다년초를 포기 나눔 하다 보면 밑동이 무엇인지 제대로 이해된다. 이번 해에 잎대가 다 시들거나 잘린 상태인데도 이듬해를 대비해 희끗희끗하게 생겨난 생장점들이 보인다. 이런 밑동 부위가 자라서 줄기가 되고 잎이 되고 꽃이 된다. 뿌리가 달린 밑동 한두 개 정도면 나눠 심기에 적당히 안전하다고 볼 수 있다. 혹시 민들레 하나가 다른 화초들 사이에서 슬그머니 자라는 동안 알아차리지 못했더라도 꽃을 보면 대번에 알 수 있다. 이때 반드시 솜털 같은 홀씨가 맺히지 않도록 뽑아내야지, 그렇지 않았다가는 이듬해 아주 성가신 잡초를 무더기로 상대하게 된다. 최대한 주의 깊게 내 꽃밭을 살피고 있더라도 안심하기는 이르다. 들판이나 생울타리, 길가에서 날아오는 홀씨는 막을 도리가 없는 데다 홀씨는 아주 멀리서도 날아오곤 하니까 항상 경계를 늦추지 말아야 한다. 엉겅퀴 씨앗도 그런 식으로 날아온다. 어린 엉겅퀴 모종을 정원에서 발견하면 반드시 뿌리까지 남김없이 파내야 한다. 어릴 때 파내지 않으면 영영 파내기 힘들다.

백합 꽃 사이에서

큰 호박 혹은 박을 수레에 싣는 사람들

씨앗의 여행법

3월이 오면 씨뿌리기를 생각해야 한다. 3월 중순부터 말엽까지가 화단용 일년초의 씨를 뿌리기에 적당한 때인데, 스위트피는 더 일찌감치 2월 말쯤 뿌리는 게 좋다.

씨앗을 보고 있자면 생김새가 얼마나 제각각인지, 크기며 모양이 얼마나 다양한지 도저히 모르고 지나칠 수 없다. 코코넛처럼 거인 같은 것이 있는가 하면, 채마밭 누에콩처럼 동전만 한 것, 너무 작아 눈에 보일락 말락 한 것도 있다. 자라는 모양새는 또 얼마나 가지각

누에콩

색인지, 인디언옥수수처럼 종잇장 같은 헐거운 껍질에 싸여 자라는 것부터 완두처럼 콩깍지 안에 가지런히 자라는 것, 양귀비처럼 예쁜 단지 안에 들어 있는 것까지 자라는 방식도 수백 가지에 이른다. 과일 씨앗은 또 얼마나 다른가. 자두나 복숭아처럼 달콤한 과육 안에 제법 큼직한 씨앗이 들어 있는가 하면, 체리나 오렌지 씨앗은 그보다 더 자그마하다. 대개 열매 안에 씨앗이 들어 있지만 열매 겉에 박혀 있는 경우도 있다. 겉에 노란 반점처럼 콕콕 박힌 딸기 씨앗처럼 말이다.

씨앗을 다뤄보면 촉감과 질감의 차이가 느껴진다. 아네모네 씨앗처럼 솜털이 보송보송한 것이 있는가 하면, 니겔라처럼 타다 만 석탄 부스러기처럼 거칠거칠한 씨앗도 있고, 윤기 나는 검은깨 모양의 매발톱 씨앗처럼 손에 쥐기 힘들 만큼 매끄러운 것도 있다.

생각해보면 씨앗이 무르익어 제 나름대로 땅에 자리를 잡고 새로운 식물로 자라기 위해 모체를 떠날 때, 각각의 식물종이 저마다 새 보금자리를 찾아가는 저만의 방식을 얼마나 기막히게 잘 알고 있는지 모른다. 물론 모체에서 멀지 않은 땅에 떨어져 싹을 틔우는 씨앗도 많지만, 갖가지 진기한 역학 장치 같은 것을 장착한 종도 많다.

지중해 일대 노변에서 흔히 자라는 식물로 스쿼팅오이라는 것이 있다. 씨앗이 여물어 열매가 열매자루에서 떨어질 때 꼭지가 달렸던 자리에 조그만 구멍이 남는다. 열매 내부는 질척질척한 물질과 씨앗이 가득 들어 있는데, 열매가 완숙에 이르면 마치 거품이 한껏 올라온 진저비어처럼 그 질척질척한 물질이 폭발하듯 터지며 씨앗을 품고 구멍 밖으로 날아가 몇 야드씩 멀찍이 씨앗을 흩뿌린다. 혹시 겨울철에 리비에라 지방에 간다면 틀림없이 이 스쿼팅오이를 발견할 수 있다. 지극히 미세한 접촉에도 씨앗을 멀리 날려 보내는 식물이라, 누군가 그 옆을 걸어가며 일으키는 땅의 진동으로도 터져 나올지 모르니 얼굴에 맞지 않도록 조심하는 게 좋다. 희끗희끗한 빛깔을 띠고 지면에 납작 붙어 자라며 우리 지역의 노변에서 자라는 우엉처럼 이파리가 큼직한 편이다.

이것 외에도 새총처럼 발사되는 씨앗도 있다. 서인도제도에서 자라는 식물 중에 어떤 것은 집 안에 들여놓은 씨앗이 한밤중에 권총 쏘듯 터져 나와 온 가족이 깜짝 놀라기도 한다. 이런 종류가 이른바 과격한 씨앗이라 할 수 있다.

그러나 우리 주변의 씨앗은 대부분 얌전하고 순한 것

이라, 돛을 단 듯 혹은 날개를
단 듯 둥실둥실 우아하게 옮겨
다닌다. 이 수구등 씨앗을 한번
보자. 매달린 꼬리가 흡사 다람
쥐 같지 않은가! 가을 하늘 높
이 날아가는 엉겅퀴 씨앗이며
손에 잡힐 듯 가까이에 동동 떠
다니는 민들레 씨앗은 또 어떤

수구등 씨앗

가. 아래에 보이는 조밥나물 씨앗도 이런 종류다.

　　　　　　　나무 씨앗의 여행법도 꽤 재미있다.
햇살이 뜨거워지기 시작하는 3월 봄
날, 구주소나무 숲에 들어서거나 혹은
양지바른 숲 가장자리 어디쯤에 서 있
자면 지난해 열린 솔방울이 '짤깍' 하
며 열리는 소리가 들려온다. 그때 작은
생명체처럼 팔랑팔랑 떨어지는 씨앗이

조밥나물 씨앗

보이지 않는지 주위를 둘러보자. 그리
고 떨어지는 씨앗을 한두 개 붙잡아 들여다보자. 떨어지
는 순간에 붙잡아야 하는 것이, 그대로 땅에 떨어져 있으
면 두어 시간 만에 씨앗이 임시로 머물던 날개 밑동에서

빠져나오기 때문이다. 마치 세팅된 귀금속에 원석이 단단히 고정되기보다는 쉽게 분리되도록 살짝 얹히듯 이 씨앗도 애초 날개의 한쪽 끝에 아주 살짝 얹혀 있을 뿐이다. 날개를 들여다보면 단단한 앞 모서리와 작게 펼쳐진 시맥이 마치 큰 파리나 딱정벌레의 날개를 빼닮았다. 이 씨 날개는 얇디얇은 종잇장과 곱디고운 천의 중간쯤 되는 질감이라서 땅에 떨어져 있어도 반짝반짝 빛이 난다. 씨앗 자체는 검은색에 가깝지만 날개는 갈색 골

구주소나무 씨앗

과 시맥이 새겨진 옅은 담황색을 띠고 솔방울 목질 칸막이 안에 알알이 들어 있느라 살짝 구부러져 있다. 이런 모양새 덕분에 날개가 팔랑팔랑 날 수 있고 가벼운 실바람에도 둥실둥실 실려 갈 수 있다.

또 한 가지, 코를 벌름벌름하며 냄새 맡는 것도 잊으면 안 된다. 이런 후끈한 이른 봄날이 불러내는 솔향기야말로 평생토록 애정하게 될 향기니까.

양버즘나무 씨앗은 큼직한 딱정벌레 날개와 거의 흡사한 튼튼한 날개에 실려 훨훨 날아간다. 도토리는 단단하고 묵직해서 저를 키워준 나무 바로 밑에 툭 떨어지는데,

다람쥐며 생쥐며 새 같은 작은 숲 이웃들이 이리저리 물어 나른다. 물어 나르다 개중 떨어뜨리고 가기도 하지만, 숲속 오만 구석에 꼭꼭 숨겨두는 개수가 훨씬 많다. 이러고도 숨겨둔 장소를 다시 찾지 못하는 경우가 허다해서 종종 그렇게 남겨진 도토리가 모체인 나무로부터 한참 떨어진 자리에서 자라나곤 한다.

씨뿌리기 좋은 날

씨뿌리기를 시작하기 전에 먼저 정원에 잡초가 없도록 확실히 정리해두자. 잡초를 정리했으면 다년초의 밑동이 흙을 밀며 올라오는 모습 정도만 눈에 띌 터. 일일이 그 둘레를 괭이로 살살 긁어주되 혹시라도 표면 가까이에 자라는 뿌리를 건드리지 않도록 아주 얕게 괭이질을 해야 한다. 그런 다음 갈퀴로 땅을 슬렁슬렁 훑어준다. 쓸모없는 부스러기 따위를 모아 깨끗이 치우는 용도도 있지만, 표면에 덩어리진 흙을 잘게 부숴 공기가 통하도록 해주고 씨앗이 쏙 들어갈 수 있도록 갈퀴발로 작은 구멍을 만들어주는 역할도 한다.

씨앗은 최대한 성기게 심을수록 좋다는 점을 명심하기 바란다. 작은 씨앗의 파종을 준비하는 한 가지 방법을 소개하자면 이렇다. 씨앗을 아주 조금 한 꼬집 정도, 한 봉지의 8분의 1이 채 되지 않는 양만큼 꺼내고 고운 마른 흙이나 모래를 한 숟가락 정도 준비한다. 흙과 씨앗을 섞어 극소량씩 나눠서 뿌린다. 양귀비를 파종할 때는 반드시 이 방법대로 해야 한다. 성기게 심기가 확실히 될 만한 중간 크기 이상의 씨앗이 아니라면 파종에 능숙해지기 전까지는 모든 씨앗을 이렇게 파종하는 게 좋다.

루피너스나 해바라기처럼 큰 씨앗은 키우고 싶은 자리에 씨앗을 한 알씩 넣는 방식으로 개별 심기를 할 수 있다. 하지만 주위에 민달팽이가 많이 돌아다니는 곳이면 한 알보다는 2인치 정도 간격으로 세 알을 심어두는 편이 안전하다. 지나가던 배고픈 민달팽이가 한 알, 때로는 두 알까지 먹어치운다 하더라도 세 번째 씨앗은 살아남을 가능성이 크다. 만약 민달팽이가 얼씬도 하지 않아 씨앗 세 알이 모두 잘 자란다면, 그래서 아직 떡잎이 씨앗을 감싸고 있어 민달팽이가 가장 좋아하는 먹잇감일 때의 크기를 넘어선다면 비 온 뒤 땅이 촉촉해진 날씨 좋은 때를 기다려 남은 하나를 건드리지 않도록 조심하며 모종삽으로 두 개의 모종을 파서 다른 곳에 옮겨 심는다. 옮겨 심을 자리가 마땅치 않으면 제일 튼튼한 하나를 남겨두고 비실대는 두 개를 뽑아도 된다.

씨앗은 크기가 작을수록 땅에 얕게 심어야 한다. 보통 크기의 씨앗은 대개 갓 갈퀴질 해놓은 흙에 그냥 뿌려도 괜찮다. 그런 다음 다시 갈퀴로 살살 긁어서 흙을 덮어주는 정도면 적당하다. 움을 틔우기 시작했을 법한 잡초 씨앗은 앞서 괭이질로 정리가 되었을 테니, 파릇파릇 올라오는 싹이 보이면 저것이 잡초인지 내가 심은 화초인지 헷갈릴 염려가 없다. 조금만 기다리면 아직 떡잎 두 장이 떨어지지 않은 꼬맹이 시기에도 식물을 구별하는 눈이 생기겠지만, 그때까지는 내가 파종한 땅에서 고만고만하게 비슷한 모종이 올라오거든 내가 뿌린 씨앗이로구나 하고 여기면 된다.

손을 대도 괜찮을 만큼 충분히 자랐으면 더 기다리지 말고 싹을 솎아줘야 한다. 얼마나 솎아야 하는지, 어느 정도 촘촘함이 어린 싹에게 괜찮을지는 얼마간 경험으로 배워야 하는 문제다. 물론 버지니아꽃무릇처럼 작은 화초가 루피너스처럼 큰 식물보다 훨씬 더 촘촘하게 자랄 수 있겠지.

처음에는 이렇게 공부를 해보자. 종자 판매상이 주는 목록을 보면 잘 만든 목록은 식물이 어느 높이까지 자라는지 알려준다. 식물은 대부분 위로 자라는 길이만큼 비슷하게 옆으로도 자란다. 그렇지만 일반적으로 모종은 키의 절반만큼 간격을 띄우면 된다. 예를 들어 식물이 1피트 높이까지 자란다고 종자 목록에 적혀 있으면 모종 사이에 6인치씩 간격을 주면 된다. 혹시 씨앗을 너무 빽빽하게 심어서 잔디처럼 다닥다닥 붙어 싹이 나는 곳이 있으면 잘 자랄 수 없으니 한꺼번에 뽑아내야 한다. 한편 솎아내기를 할 때 뿌리를 건드리지 않아도 될 만큼 하나씩 따로 올라온 싹은 충분히 남겨두는 게 좋다.

내가 어릴 때만 해도 사람들이 일년초를 파종할 때 지금 생각해보면 참 어리석은 방식을 이용했던 것 같다. 땅에 정찬용 접시만 한 크기로 동그라미를 그려놓고 고만한 면적에 씨앗을 빽빽하디빽빽하게 심은 다음 식물 이름이 적힌 종자 설명지를 짧은 막대 꼭대기에 끼워 동그라미 한가운데 꽂아두었다. 정원 여기저기 꽂힌 종잇조각은 언제 봐도 볼썽사납고 식물을 표시하는 방식으로도 성의가 없다.

식별표가 없어도 된다면 정원의 모양새가 훨씬 낫겠지

만, 굳이 필요하다면 가장 좋은 방법은 1피트 정도 길이의 뾰족한 개암나무 가지를 몇 개 준비해서 상단 끝을 2인치 정도 편편하게 깎아낸 자리에 이름을 적는 것이다. 개암나무 가지는 가운데 작은 구멍이 있으니 너무 깊게 깎아내지 않도록 조심하자. 나뭇가지가 준비됐으면 백연 페인트를 가져와 다른 나뭇가지 끝에 페인트를 조금씩 묻혀 깎아낸 개암나무 가지 단면에 바른다. 그런 다음 형겊 조각이나 종이로 페인트를 매끈하게 문질러 닦아내다시피 한다. 그렇게 젖은 페인트가 얇게 덮인 자리에 연필로 식물 이름을 적는다.

나는 항상 작은 잼 단지 바닥에 페인트를 조금 담고 적당한 크기의 형겊 조각을 페인트에 닿지 않도록 구겨 단지 주둥이를 막아놓는다. 공기가 통하지 않게 해두면 페인트가 말라 못 쓰게 되는 일을 막을 수 있다.

정말 빽빽하게 파종해야 하는 씨앗은 한 종류밖에 떠오르지 않는다. 겨자와 큰다닥냉이 정도다. 이 작은 샐러드용 채소는 보통 육묘 상자에 파종하는데, 흙 위에 그냥 씨를 흩뿌려두면 된다. 단, 옥외에서는 이렇게 했다가는 곧바로 새의 먹이가 될 것이므로 반드시 위를 덮어두어야 한다.

잘 여문 씨앗 꼬투리

어린 친구들아 잘 들으렴. 자신에게 주어진 작은 꽃밭
만이 아니라 집 정원 전체가 어떻게 돌아가는지 유심히
봐두는 게 좋단다. 지금은 어리지만 장차 어른이 되면 아
마 더 넓은 정원의 주인이 될 테니, 어릴 때부터 정원에
대해 많이 배워둘수록 큰 정원을 책임지고 돌보는 능력
이 생겨서 자신은 물론 주위 모든 이에게 자랑거리이자
기쁨이 되는 정원을 만들어가겠지. 그러니 파종 시기에
는 정원사가 밖에서 하는 일만이 아니라 안에서, 그러니
까 온상과 온실에서 하는 일도 놓치지 말고 관찰해두자.

아마 정원사가 납작한 통이며 작은 상자에 갖가지 씨

앗을 심는 모습을 볼 수 있을 텐데, 천수국, 백일홍, 비단
향꽃무, 과꽃 등 화려한 반내한성 일년초도 포함될 것이
다. 이런 화초를 곧바로 야외에서 키우려면 기후가 좀 더
따뜻해야 하기 때문에 정원사들 말마따나 온상의 보호
막 안에서 '보온' 파종을 해둔다. 어린 모종이 어떻게 흙
에서 싹을 틔우는지 관찰하고 떡잎 상태일 때는 어떤 모
습인지 배워둘 절호의 기회다.

처음에 대부분의 식물은 이후에 나올 본잎과는 전혀
닮지 않은 단순한 모양의 떡잎 한 쌍으로 성장을 시작한
다. 다음 잎이 나오면 모종이 '떡잎기'를 지난 것이고 그로
부터 보름이 지나면 모종을 옮겨도 될 만큼 충분히 자랐
다고 여겨 모종을 각각 떼어낸다. '떼어낸다' 함은 어린 식
물을 나눠 여러 개 상자에 줄을 맞춰 옮겨 심는 일이다.
적당한 크기로 자랄 때까지 그 상태로 두었다가 때가 되
면 여름날 저마다의 자리로 옮겨준다. 끝이 뭉툭한 나무
연장을 사용해서 모종을 옮겨 심는 방법을 정원사가 가
르쳐줄 텐데, 이 정도의 연장은 어린이 스스로 만들어도
좋지 않을까.

갓 싹을 틔운 모종으로 돌아가자. 온실 안에 받침대를
세워 모종 상자를 올려두면 모종을 살펴보기가 한결 편

하다. 개중에는 떡잎 끄트머리에 피막 즉 겉껍질이 참 희한하다 싶게 매달려 있는 놈도 보인다.

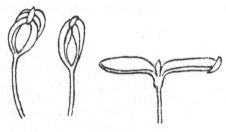

과꽃의 떡잎

위에 그려놓은 것이 과꽃 모판에서 발견한 떡잎의 모양이다. 떡잎 한 쌍이 평평하게 펼치고 싶은데, 때로는 겉껍질이 두 잎을 묶어 놓아주지 않는다. 그럴 때 겉껍질을 조심히 떼어 두 잎을 풀어주면 모종이 꽤 고마워하겠지. 가장 좋은 방법은 납작한 작은 깃털을 이용해 두 잎 사이에 넣고 위로 밀어주는 것인데, 자칫 잘못하면 모종이 흙에서 뽑히는 수가 있으니 아주 살살 움직여야 한다. 이렇게 해주면 겉껍질이 대부분 떼어지지만 한쪽 떡잎 끝에 매달려 있는 경우도 간혹 있다.

오른쪽 그림에 스페이드 에이스 모양 잎이 달린 식물은

잉카르빌레아 델라바이라는 잘생긴 다년초다. 이 아이는 씨앗의 겉껍질이 꽤나 영리하게 떡잎에 단단히 매달려 있곤 한다. 피막 한쪽 끝은 판판하고 다른 쪽 끝은 뾰족한 혀끝 같아서 잎끝을 제법 단단하게 쥐고 올라탈 수 있다.

잉카르빌레아 델라바이 모종

정원의 화초가 꽃을 피우고 씨앗을 맺는 시기가 오면 꽃이 시들자마자 바로 봉오리를 잘라주는 게 좋다. 키우는 사람으로서는 최대한 모든 꽃이 만발해 정원이 내내 화려하기를 바라는 마음이지만, 식물로서는 최대한 빨리 씨앗을 만들고 싶어 하는 입장이다. 씨앗 꼬투리가 맺히기 시작하면 식물은 거기에 온 힘을 쏟아부으려 애를 쓴다. 얼마나 끈기가 있는지 사람이 씨앗 꼬투리를 계속 잘라내면 다음에는 들키지 않기를 기대하며 더 꽃을 피운다. 꼼꼼히 살피다가 씨앗 꼬투리가 열릴 때마다 잘라주는 방법으로 식물에게서 계속 꽃을 볼 수 있다니 참으로 경이롭다.

잘 살펴보면 집 정원 어디에선가 씨앗이 여물어가는 식물이 반드시 있게 마련이다. 씨앗을 얻으려면 여름이 끝나갈 무렵 이런 식물을 잘 찾아보자. 기기묘묘한 갖가지 씨앗 꼬투리가 어떤 방법으로 씨앗이 여물 때까지 저마다 씨앗을 보호하고 때가 되면 제힘으로 씨를 뿌리는지 알게 된다. 개중에는 아주 희한한 녀석도 있다. 오른쪽에 실린 어여쁜 니겔라에게는 두 가지 영어 이름이 있

다. '안개 속 사랑Love-in-a-Mist' 그리고 '덤불 속 악마Devil-in-a-Bush.' 하나는 꽃을 가리키는 이름이고 다른 하나는 씨앗 꼬투리를 가리키는 이름이 아닐까 하고 나는 줄곧 생각했다.

어떤 씨앗 꼬투리는 씨앗이 여물 때 꼬투리 꼭대기에 작은 구멍이 생긴다. 왼쪽에 그려놓은 캄파눌라 씨앗처럼 말이다. 금어초는 구멍이 두 개인데, 이것을 왜 할머니의 눈이라고 하는지는 나중에 들

캄파눌라 씨앗
꼬투리

안개 속 사랑

덤불 속 악마

려주겠다. 위쪽부터 일렬로 구멍이 나 있는 양귀비 씨앗 꼬투리 모양새는 익히들 알고 있겠지.

종이를 접어 씨앗을 보관하는 포지를 만드는 방법을 주위에 물어 배워두자. 요즘 종묘상은 대개 씨앗을 담고 접착제로 마감한 씨앗 봉투를 사용하는데, 그래도 정겨운 옛 방식대로 종이를 접어 만든 씨앗 포지를 여전히 고수하는 사람도 있다. 그렇게 보관된 씨앗 포지를 발견하거든 한번 펼쳐보기만 해도 어떻게 접는지 이해가 된다.

참 특이한 씨앗으로 루나리아 아누아 씨앗을 꼽을 수 있다. 은빛으로 속이 투명하게 비치는 루나리아 아누아 씨앗 꼬투리가 겨울철 장식물로 쓰이는 것을 본 적이 있으려나? 혹시 보지 못했더라도 주위에 씨앗이 맺히는 루나리아 아누아가 있거든 8월 즈음부터 잘 관찰해보길 권한다. 건조하고 인공적인 느낌의 겨울철 꽃다발을 나는 썩 좋아하지 않지만, 은빛 루나리아 아누아만큼은 예외로 인정하지 않을 수 없다. 맑고 건조한 날씨에 식물이 자연 상태로 마를 때라야 좋은데, 마르는 도중에 한참 빗물에 젖기라도 하면 갈색 씨앗이 얼룩을 남겨 섬세한 피막을 손에 넣지 못한다.

루나리아 아누아의 씨앗 꼬투리는 아주 납작하다. 백

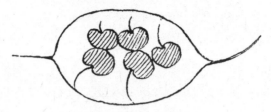

루나리아 아누아의 씨앗 꼬투리

갈색 종이 같은 겉껍질 두 장 사이에 씨앗이 보통 세 알에서 다섯 알씩 들어 있고 종잇장 같은 중간막의 이편과 저편에 나뉘어 있다. 이 중간막을 남겨 장식물로 쓴다. 연약한 질감의 반투명한 피막이 뿜어내는 고운 은빛 광채 덕분에 청백색 중국 자기나 일본 청동 자기에 담아 방을 장식하면 얼마나 어여쁜지 모른다. 위의 그림은 꼬투리를 빛에 비춰본 모습이다. 꼬투리의 겉껍질 두 장을 벗긴 다음 중간막이 상하지 않게 씨앗을 떼어내는 준비 작업이야말로 어린이의 세심한 손놀림에 더없이 좋은 연습이 되리라.

갈색으로 잘 마른 금어초 씨앗 꼬투리를 할머니처럼 차려입히는 것도 참 재미있다. 이 꼬투리를 찬찬히 들여다보면 신기하게도 큼직한 두 눈에 입을 벌린 사람 얼굴이 보인다. 삐죽 튀어나온 잔가시를 톡 끊어줘야 코끝이

들린 작은 들창코가 생긴다. 그런 다음 코르크 마개를 하나 준비해 윗부분을 조금 깎아내고 꼬투리에 핀을 꽂아 코르크에 고정시킨다. 주름 장식으로 얼굴을 감싸는 큼직한 여성용 모자와 숄, 치마도 마련해야겠지. 인형에게 옷을 입혀봤으면 누구라도 쉽게 할 수 있다. 살살 흔들어보자. 작고 까만 눈물방울을 떨굴 테니.

할머니처럼 꾸민 금어초 씨앗 꼬투리

잔디밭에 찾아온 친구들

잔디밭은 재미난 모험을 기대할 만한 장소가 아니라고 말하려나? 그 말이 맞을 수도 있지만, 전혀 예상치 못한 이상한 일이 잔디밭에서 벌어지기도 한다. 어찌나 흥미진진한지 나로서는 '모험'이라고 불러도 전혀 지나치지 않은 일이다. 올여름의 주인공은 고슴도치다. 고슴도치라니, 참으로 흥미롭고 알쏭달쏭한 생명체다. 내 정원에 몇 마리가 사는지 모르겠는데, 여하튼 하루도 눈에 띄지 않거나 소리가 들리지 않는 날이 없다. 풀밭에 나와 있으면 눈에 띄는 거야 어렵지 않다. 소리가 들린다고 해서 고슴도치가 찍찍거리거나 킁킁대거나 입으로 무슨 소리를 낸다는 말은 아니다. 풀밭 가장자리 낮게 드리운 덤불 가지 사이를 헤치고 지나갈 때 그 뻣뻣한 털이 쓸리는 소리가 들릴 뿐이다.

처음 고슴도치를 만난 장소는 집과 나무숲 사이 좁은 잔디밭이었다. 집의 남쪽 통로에서 잔디밭으로 올라가는 계단 좌우로 스코틀랜드찔레나무 울타리가 서 있는 근처였다. 지난해에 마주친 고슴도치는 딱 한 녀석이었다. 어둑어둑해질 무렵이면 뒤뜰에 나타나 고양이들이 먹다 남긴 우유를 할짝거리곤 했다. 우유가 먹고 싶은가 보다 생각하긴 했는데, 듣기 좋은 말로 구슬리지 못하고 나뭇가지로 몸을 건드리며 안면을 트려 했던 것이 잘못이었던 모양이다.

녀석이 가시로 뒤덮인 단단한 공처럼 몸을 둥글게 말고는 토라져버렸다. 진정이 되는지 보려고 삼십 분 정도 그대로 내버려두었다가 사진을 찍으려고 다시 가봤을 때는 둥글게 말렸던 몸이 반쯤 풀려 있었다. 기분이 괜찮아지겠구나 생각해서 접시에 우유를 담아 가져다주고 녀석을 사진에 담았다. 하지만 소용없었다. 한 시간 뒤에 그 자리에 가보니 꿀꿀이 녀석은 어디론가 사라지고 우유는 건드리지 않은 채로 남아 있었다. 마침 태비가 나타나 우유

잔디밭 위 고슴도치

를 싹싹 핥아 먹었다.

그런데 올해는 또 다른 녀석이 나타났다. 이번에는 좀 더 넓은 잔디밭이다. 이 녀석은 훨씬 유순해 보이고 말 걸어주는 것을 좋아하는 듯하다. 자연도감에 따르면 고슴도치는 야행성 동물이라 낮에는 몸을 숨기고 가만히 누워 있다가 밤이 되면 먹잇감을 찾아 돌아다닌다고 한다. 그런데 이 녀석은 몇 시간째 햇살을 받으며 잔디밭에 누워 일광욕이라도 즐기는 듯 보인다. 일전에는 내가 녀석의 사진을 찍고서 한참이 지났는데도 녀석이 꼼짝 않고 누워 있길래 죽은 게 분명하다는 생각마저 들기 시작했다. 그도 그럴 것이 숨을 쉬면 뾰족한 가시 밑에 부드러운 털가죽이 미세하게라도 움직일 텐데 아무리 가까이서 들여다봐도 아무런 움직임도 보이지 않았다.

나는 조용히 녀석에게 눈을 떼지 않고 기다렸다. 어디선가 검정파리가 날아와 녀석의 주둥이에 앉았다. 여전히 아무런 움직임이 없었다. 검정파리가 녀석의 얼굴을 휘젓고 다니다가 그만 녀석의 한쪽 눈가를 건드렸다. 그제야 녀석이 잠에서 깨어나듯 머리를 한쪽으로 홱 돌렸다. 어찌나 마음이 놓이던지, 나는 그길로 부엌에 가 요리사에게 익히지 않은 양고기 다릿살을 한 점 얻어다가 가

느다란 꼬챙이에 꽂아 녀석에게 가져갔다. 조심스럽게 녀석 가까이에 다가가 천천히 고기를 코앞에 들이댔다. 녀석이 킁킁 냄새를 맡더니 순식간에 고기를 입으로 가져가 먹어치웠다. 아주 맛있게 먹는 것 같았다. 이 정도면 꽤나 재미난 모험이라 할 만했다.

한번은 정원사가 잔뜩 흥분해서 달려왔다. "잔디밭에 거북딱지가 있어요" 하길래 나는 신기한 거북딱지 무늬 고양이가 있다는 말인 줄 알았다. 그런데 어떻게 생겼나 보러 갔더니 세상에, 커다란 거북이가 있는 게 아닌가! 어떻게 우리 정원까지 오게 됐는지 나로서는 알 길이 없다. 걸어갈 만한 거리에 있는 이웃은 세 집뿐이고 그들 중 누구도 거북이를 키우지 않았으니 말이다. 이 점은 지금껏 풀리지 않는 수수께끼다. 여러분도 나처럼 수수께끼를 즐기면 좋을 텐데.

어느 날인가 내가 잔디밭을 벗어나 서쪽으로 난 좁은 테라스에 막 올라서던 참이었다. 세칭 '천상의 파랑'이라 불리는 파란 삼색메꽃의 고운 자태를 감상하고 싶었다. 메꽃 줄기가 포도나무 아래 줄기를 타고 올라오고 있었다. 손으로 포도 잎사귀를 헤치다가 돌벽에 붙은 뭔가 시커먼 것이 눈에 들어왔다. 자세히 들여다보니 박쥐였다.

돌벽 틈 사이 박쥐

벽의 돌 틈새를 뒷발로 꽉 붙잡고 박쥐가 으레 그렇듯 거꾸로 매달린 채 곤히 잠들어 있었다. 한쪽 날개가 살짝 펴져 있고 날개 끝에 달린 작은 앞 발가락도 돌을 꽉 붙잡고 있었다. 절호의 기회를 놓칠 수 없어 얼른 뛰어가 사진기를 가져왔다. 박쥐가 잘 보이도록 포도 덩굴 가지를 살짝 묶었다. 박쥐가 깨서 날아가면 어쩌나 했는데, 녀석은 꿈쩍도 하지 않았다. 낮 동안에 자고 밤중에 캄캄해지면 돌아다니는 것이 박쥐의 습성이다.

어쩌면 일반 잔디밭에 비해 내 정원의 잔디밭이 유난히 더 흥미로운 장소일지도 모르겠다. 이탄이 아주 소량 섞인 모래질의 토양이라, 내가 사랑하는 히스 초원의 풀과 들꽃이 내 정원에서도 잘 자란다. 실제로 잔디 사이사이 히스도 많이 자라고 향긋한 타임, 귀여운 알프스민들레, 흰갈퀴, 올망졸망한 애기풀도 많다. 이런 작은 식물이 자라는 곳은 항상 세 가지 색깔의 꽃이 수놓는다. 포기마다 제각기 색이 달라서 내 풀밭도 여기는 연파란 꽃, 저기는 분홍 꽃, 저쪽은 흰 꽃이 무리 지어 피어 있다. 나는 어쩔 수 없이 잔디 깎기를 해야 하기 직전 잔디밭을 사랑한다. 인정사정없는 기계가 잔디를 깎으며 그 귀여운 꽃을 죄다 베어버리니 말이다. 기계가 지나는 경로에서 벗어난 층계 꼭대기의 타임 한 다발이 간신히 재앙을 피해 잘 자라고 있다.

올해는 잔디밭에 새로운 사건이 발생했다. 특이한 실새삼 한 무리가 등장한 것이다. 생김새는 엉성하게 짜놓은 분홍 거미줄처럼 보인다. 특별한 패턴이 없이 그저 분홍 실 가닥이 엇갈리며 얽혀 있고 뻣뻣하고 단단하고 반질반질한 희한한 작은 꽃이 꽃대도 없이 피어 있다. 이파리도 없고 다른 아무것도 없이 그저 분홍빛 실 줄기와 꽃이 전부다. 실새삼은 정직하게 땅에서 자라지 않고 마치 식물성 흡혈귀처럼 다른 식물의 혈액을 빨아먹는 기이한 기생식물의 일종이다. 대개 토끼풀이나 히스에 붙어 자란다. 불운한 숙주식물에게는 당연히 딱한 노릇이긴 한데, 흔하게 볼 수 있는 게 아니라 꽤 특이해서 잔디밭에서 발견하는 재미가 쏠쏠하다.

8월의 습한 날씨가 지나가면 어김없이 진짜 버섯이 고개를 내밀기 시작한다. 조금 있으면 많고 많은 버섯 중에서도 특히 위용이 대단한 붉은 광대버섯이 모습을 드러낸다. 광대버섯은 항상 자작나무 가까이에서 자란다. 갓은 화려한 짙은 다홍색에 작은 흰색 혹이 점점이 박혀 있고 갓 아래 흰색 주름은 독성이 아주 강하다. 광대버섯

근처에서 자라는 다른 버섯 가운데 일부는 식용이 가능하고 특히 큰갓버섯은 아주 맛이 좋지만, 다른 위험한 종류의 버섯과 비슷한 생김새라 자세히 묘사하지는 않으련다. 다만 내 묘사를 자세히 들어두면 절대 헷갈리지 않을 최고의 버섯이 한 가지 있다. 옆에 그려놓은 꾀꼬리버섯이다. 잔디밭이나 너른 풀밭에서는 자라지 않고 근처 숲에서 찾을 수 있으니 내 얘기를 잘 들어두면 도움이 될 게다.

꾀꼬리버섯

꾀꼬리버섯은 보통 떡갈나무 아래 부엽토가 쌓인 움푹한 그늘에서 자란다. 생김새는 그림과 같고 잘 익은 살구 빛깔과 향을 지녔다. 그림으로는 실제보다 조금 더 단단해 보이는데 사실 주름 질감이 거의 버터처럼 부드럽다. 그림 속 버섯은 중간 크기 정도이고 대개 이것보다 더 큰 편이다. 크기가 큰 버섯은 갓 가장자리가 더 구불구불하고 반듯하게 서 있어서 마치 바람에 뒤집힌 우산처럼 보인다. 8월 말쯤 비가 넉넉히 내리면 이 비에 꾀꼬리버섯이 깨어나 자라는데 대개 9월 중순까지 계속 나온다. 양송이처럼 그냥 삶아도 맛이 좋고 육수를 부어 스튜를 끓이고 살짝 크림으로 마무리해도 맛있다. 내게는 항상 즐거움을 주는 버섯이다. 훌륭한 먹거리라서 그렇기도 하고 무엇보다 꾀꼬리버섯을 찾으러 나서는 길이 항상 아름다운 숲속으로 데려다주기 때문이다.

내 부엉이 이야기도 들려줘야겠다. 십일 년 전 집을 지으면서 나는 박공지붕 끄트머리 한 곳에 작은 구멍을 내놓았다. 알다시피 대개 집은 방의 천장이 지붕 꼭대기까지 바로

부엉이의 집

이어지지 않는다. 천장은 평평하고 지붕은 용마루라 불리는 꼭대기까지 사선으로 솟아 있어서 천장을 지지하는 나무 들보와 용마루 사이에 삼각형 공간이 생긴다. 부엉이가 이런 장소에 들어가기를 좋아한다는 것을 알고 있어서 나도 한 마리쯤 찾아와주기를 기대했다. 그렇다고 온 지붕 내부를 휘젓고 다니거나 밤중에 침대 바로 위에서 부엉부엉 혹은 끼익끼익 울어대며 우리를 소스라치게 만들고 싶지는 않았다. 그래서 구멍 안쪽에 나무로 울타

리를 둘러 저 혼자 지낼 아늑한 공간을 만들어두었다.

한 해 두 해 시간이 지나도 찾아오는 부엉이는 없었다. 그런데 올봄 부엉이 출입구로 내놓은 구멍 바로 아래 널돌 위에서 시커멓고 둥그스름한 물체를 발견했다. 마침내 부엉이가 찾아왔다는 신호라는 생각에 냉큼 그 물체를 낚아챘다. 부숴서 내용물을 확인하니 내가 예상한 대로 부엉이가 뱉어놓은 배설물이었다. 부엉이는 밤늦게 사냥에 나서서 쥐를 여러 마리씩 잡아먹는데, 보아하니 통째로 삼키는 것 같다. 배 속에서 살코기는 소화하고 가죽과 뼈는 갸름한 공 모양으로 빚은 다음 게운다.

내 부엉이가 제집 문가에 앉아 배설물을 토해내는 광경을 볼 수 있다면 얼마나 좋았을까! 같은 장소에서 배설물이 여러 번 발견된 사실로 미루어 이건 틀림없이 내 집에 온 부엉이의 소행이었다. 아직까지 내 눈으로 직접 보지 못했지만, 정원사가 어느 환한 여름밤 쥐를 물고 지붕문으로 날아 돌아오는 부엉이를 보았다. 밤에 집 주위를 돌아다니는 부엉이 소리도 종종 들린다. 내게는 이것도 재미난 모험 가운데 하나다.

내게 재미난 모험을 안겨주는 또 한 가지는 종유석이다. 종유석에 얽힌 모험담은 1장, 2장, 3장으로 나뉜다.

1장.

어릴 적 우리 집에는 온갖 경이로운 자연현상에 관한 오래된 그림책이 있었다. 빙하와 나이아가라폭포와 소용돌이와 화산과 거대한 동굴과 깊은 산중의 지하 호수가 그려진 그 책의 제목은 『경이로운 창조$^{Wonders of Creation}$』였던가. 여하튼 그와 비슷했다. 나는 일종의 오싹한 쾌감을 맛보며 그림을 들여다보곤 했는데, 그중에서도 나의 한껏 부푼 상상을 가장 즐겁게 채워준 것은 종유석이 매달린 광대한 동굴의 광경이었다. 석회질이 녹은 물이 천천히 한 방울씩 떨어지며 종유석이라는 신기한 돌고드름이 만들어지고 다시 이 물방울이 떨어진 동굴 바닥에서 석순이라는 것이 서서히 쌓여 위의 돌고드름과 만난다.

2장.

집의 헛간과 마구간을 지으면서 나는 한쪽 끄트머리에 버섯을 키울 만한 자리를 남겨두었다. 애초 목적대로 사용되지는 못했지만 다른 용도로도 꽤 쓰임새가 좋은 자리인데 호칭은 여전히 '버섯창고'라고 불린다. 반지층 높이에 단단하고 두꺼운 돌로 벽을 쌓고 역시 단단한 돌로 지붕을 만들었다. 그리고 헛간의 빗물을 받아두는 커다란 옥외 저수조를 지붕에 설치하고 싶어서 지붕 모양을 원통형으로 굴려주었다. 계획대로 저수조가 만들어지고 버섯창고 위에 얹힌 바닥면은 시멘트를 발랐다. 그런데 저수조가 가득 차면 엄청난 물의 하중이 버섯창고 지붕을 내리누르고 그러면서 극소량의 물이 시멘트와 돌 틈으로 스며드는 것 같다. 아래 창고로 떨어지지는 않는데, 입구의 돌 아치에 아주 느리게 한 방울씩 맺히곤 한다.

3장.

이렇게 기쁠 수가! 아주 작은 종유석이 만들어지고 있다! 눈으로 확인할 수 있도록 옆에 사진을 싣는다.

버섯창고 지붕에 생긴 종유석

정원 벤치

바깥에서 놀자

어릴 적에는 문명인의 관습이 시키는 대로 양말과 신발을 꼬박꼬박 갖춰 신기는 했다. 그래도 역시 곧잘 벗어 던져놓곤 했으니, 벗어두기에 최적의 장소는 사진에서처럼 당연히 정원 벤치였다. 사실 요즘은 대개 집에 벗어두고 나온다. 맨발의 편안함이 허용되는 요즘이 얼마나 행복한지 모른다. 내가 어릴 때만 해도 바닷가에서 맨발로 물장구도 치지 못했다. 그런 재미난 놀이가 아직 고안되기 전이었다. 심지어 멱을 감으러 갈 때도 끔찍한 이동식 탈의시설을 타고 갔다. 해변에 탈의용 천막이나 막사가 없던 시절이었으니까. 물론 나무로 만든 꽃삽으로 해

자를 파고 모래성을 쌓기는 했지만, 파도가 밀려오면 먼저 해자는 넘치고 성은 물거품이 되어버렸다. 그런 놀이를 전부 양말과 신발을 신은 채로 해야 했다.

그런데 많은 경우 모래놀이는 멀리 가지 않고 집에서도할 수 있다. 혹시 집 정원 한 귀퉁이에 신나는 모래 구덩이가 하나 있으면 어린아이는 물론이고 제법 덩치가 커질때까지도 변치 않고 즐거운 놀이터가 된다. 움푹한 자리를 파서 들어가 앉기도 하고 모래흙으로 성을 쌓거나 갖가지 집을 지을 수도 있다. 흔하디흔한 기와 몇 장, 아니쪼개진 반 장만 있어도 큰 도움이 된다. 타일을 위에 얹거나 옆에 세워 문이나 창을 만들 때 아주 요긴하다. 정원의 꽃을 가져다 모래집 주위에 예쁜 꽃밭을 만들 수도 있다. 혹시 가족 중에 건축을 잘 아는 어른이 있고 아이와잘 놀아주기도 해서 집 짓는 방법을 가르쳐준다면 얼마나 멋질까.

최대한 벽을 높이 쌓고 아래쪽에 문을 하나 내서 큼지막한 둥근 성을 만들어보는 것도 재미있다. 종이를 깔고마른 풀과 나뭇잎과 나뭇가지를 얹어 안으로 밀어 넣고문으로 삼은 구멍에 불을 붙이면 성에 불이 난 광경이 꽤그럴듯하게 꾸며진다.

모래 구덩이에서 놀다 보면 이것 외에도 무궁무진하게 많은 놀이를 찾을 수 있다. 굴러다니는 돌멩이로도 갖가지 집을 만들며 놀 수 있겠지. 뒤쪽 사진에서는 크리스토퍼가 아래쪽 움푹한 자리에 동생을 안전하게 앉혀두고 아찔한 높이까지 기어 올라가고 있지만, 굳이 그렇게까지 깊은 구덩이가 아니어도 상관없다. 참, 사진 속 구덩이 전면 위쪽에 나란히 뚫린 구멍을 찾아보자. 제빗과의 귀여운 작은 철새 갈색제비가 만들어놓은 구멍이다. 철새라는 말인즉 일 년에 몇 달만 영국에 머물고 이동하는 새라는 뜻이다.

갈색제비는 3~4월에 왔다가 9월 초순에 떠난다. 모래에 동그란 구멍을 뚫고 굴을 깊이 파고들어 구멍 입구에서부터 거의 2피트 들어간 자리에 둥지를 짓는다. 갈색제비는 이른바 군생 조류라 여러 마리가 가까이 모여 둥지를 튼다. 구멍을 팔 때도 아무 흙이나 파지 않고 가장 알맞은 모래흙을 신중하게 고른다. 둥지 구멍이 항상 줄지어 나란히 뚫려 있는 것을 보면 알 수 있다.

모래는 지질학에서 '지층'이라 부르는 형태로 켜켜이 쌓여 있다. 암석과 땅의 형성에 관해 연구하는 학문이 곧 지질학이다. 땅은 거의 대부분 이런저런 종류의 암석층이

모래 구덩이에서의 놀이

겹겹이 쌓여 있다. 모래 구덩이나 채석장에 가보면 지층을 눈으로 확인할 수 있다. 층마다 색이 각각 다르거나 부드러운 층이 비와 바람에 밀리고 씻겨 나가면서 단단한 층이 더 두드러져 보이기도 한다. 그러니 갈색제비가 구멍을 파기에 가장 적합한 지층을 찾는 것이 이해가 되겠지. 너무 단단하면 연약한 부리로 파기 어렵고 너무 부드러우면 구멍이 무너져버릴 테니 말이다. 갈색제비도 모래 구덩이에서 나름대로 진지한 놀이를 즐기고 있는 셈이다.

모래가 많은 곳에는 대개 소나무가 많아서 땅에 떨어진 솔방울을 줍곤 한다. 솔방울은 놀이방이나 교실에서 꺼져가는 난롯불을 되살리는 데 그만이라 모아두면 아주 요긴하다. 제 손으로 무엇이라도 할 수 있을 만큼만 되면 꼬마 친구도 방울 줍기에 참여할 수 있다. 여섯 살배기 도로시아도 얼마나 잘하는지 모른다. 놀이집 마루에도 큰 봉투나 상자에 솔방울을 채워 놓아두자.

모래흙과 소나무가 있는 곳에는 또 고사리가 있기 마련이다. 고사리를 가지고 집게를 만들어 버베나와 풀협죽도를 고정하거나 카네이션 단을 쌓을 때 활용할 수 있다. 정원사에게 가져다주면 아주 달가워할 게다. 평소 신세를 많이 지고 있으니 보탬이 될 좋은 기회다. 그러나 이

일은 어린 꼬마에게는 맞지 않는다. 날카로운 칼을 사용
해야 하는 데다 고사리는 낫으로 베는 게 가장 좋은데,
낫 역시 날카로운 연장이다.

고사리 집게를 자르기에 가장 좋은 때는 8월이다. 이
즈음 고사리 줄기가 힘 있게 단단해진다. 먼저 낫으로 긴
고사리 잎을 통째로 베어 가까운 그늘에 한 방향으로 차
곡차곡 모아두는데, 옮길 때 베어낸 잎의 줄기가 부러지
지 않도록 주의한다. 앉은뱅이 의자 같은 것이 있으면 가
져다가 베어낸 고사리 잎의 줄기 쪽에 놓고 앉는다. 그
런 다음 두툼한 줄기 끝을 잡고 줄기에서 1인치 정도 남
기고 곁가지를 잘라낸다. 줄기 하나에서 보통 괜찮은 집
게가 두 개, 이따금 세 개까지 나온다. 이제 집게 하나당
3.5~4인치 정도 길이가 되도록 줄기를 자른다. 굳이 집게
양쪽에 고리를 두 개씩 남길 필요
는 없지만, 줄기가 크고 단단하면
제일 굵은 부분은 반으로 갈라 집
게 두 개를 만들 수도 있다.

만든 해에 바로 집게를 사용해
도 되지만 이듬해에 사용하는 편
이 훨씬 좋다. 그래야 충분히 건조

고사리 집게

되어 단단해진다. 게다가 만든 해에 바로 사용하려면 7월 중순에는 쓸 수 있어야 하니 7월 초에 고사리 잎을 베어야 할 텐데, 이때는 고사리가 아직 그리 튼튼하지 못할 때다. 칼을 사용해 고사리 잎을 바로 베어내는 일은 없도록 주의하자. 고사리 줄기는 유리 같은 막이 감싸고 있어 줄기 바깥 모서리에 손을 벨 위험이 높다. 낫을 사용하면 잘린 단면에 손을 가까이 대지 않아도 되니 안심이다.

나는 정원의 부산물 더미를 태울 때마다 태울 거리를 던져 넣으며 불구경 하는 것을 참 좋아했다. 나이가 든 지금도 그 즐거움은 여전하다. 관리가 잘된 정원에서 나오는 몇 짐의 쓰레기를 깨끗하고 정갈하게 처리하는 만족스러운 방법인 데다가 신나는 구경거리까지 제공해준다. 냄새는 또 얼마나 좋은지. 요리조리 연기를 피해 도망갈 궁리도 하게 만든다. 비가 내려서 쌓아둔 더미가 축축해졌거나 태워야 할 파릇파릇한 잡초가 많거나 할 때는 얼마나 연기가 대단한지 모른다.

다 타고 거대한 잿더미만 남은 뒤에도 여전히 속불은 빨갛게 이글거린다. 그럼 큼지막한 감자를 가져와 바닥에 넣어두는데, 타버릴 수 있으니 너무 깊숙이는 말고 사십오 분쯤 걸려 알맞게 구워질 만큼 적당히 깊숙하게 넣어둬야 한다. 오후 간식 시간이나 저녁 식사 시간에 맞춰 구워지게 해놓았다가 버터 조금, 소금과 후추만 뿌려 먹어도 아주 맛이 좋다. 타고 남은 재가 껍질에 잔뜩 묻어 엉망이 되는 접시를 보는 재미는 덤이다.

불 얘기가 나온 김에 소풍 가서 내 식으로 모닥불 피우는 방법을 알려주고 싶다. 정원 바깥으로 가꾸지 않은 노지가 인접해 있으면 주전자와 차를 준비해서 가족 소풍을 나가보자. 물을 끓일 모닥불을 지피는 방법은 멀리 나가서 불을 지필 때와 별로 다를 것이 없다. 나는 어떤 경우라도 불길이 제멋대로 뻗어 나가도록 불을 피우지 않는다. 혹시라도 건조한 날씨에는 가까운 덤불에 불이 옮겨붙어 사방이 시커멓게 잿더미가 되어버릴 수도 있다. 여러 지역의 경치 좋은 장소를 두루 다녀보았지만, 언제 어디서든 모닥불은 반드시 작고 깔끔하게 피우는 것이 중요했다. 장소 대부분이 군데군데 히스가 자라는 황야에 위치해 있어서 조심하지 않으면 자칫 송두리째 불이 옮겨붙어 어마어마한 피해를 입힐 수 있기 때문이다.

그래서 나는 언제나 울퉁불퉁한 땅에 자리를 잡는다. 가능하면 살짝 가파른 비탈을 고르고 바람 방향을 향해 앉는다. 바람이 어느 쪽에서 불어오는지 알아보려면 손수건을 늘어뜨리든지 혹은 바람 세기가 아주 약할 때는 종잇조각을 태워보자. 연기가 바람 방향을 말해준다. 바람이 거의 불지 않는 날씨라 하더라도 방향을 알아두면 연기를 날려 보내기 편하고 불을 피울 때 바람을 일으키기 쉽다.

나는 항상 삽 한 자루와 풀무를 가지고 다닌다. 불을 피운 지 오 분 이내에 주전자의 물을 끓이는 것으로 내 체면을 세우곤 했다. 땔감은 그 자리에서 주워 쓰기보다는 미리 한 자루 가져가는 편이 든든하다. 내가 주로 사용한 것은 길이 6인치에 두께 1/4~3/4인치 정도 되는 나무때기였다. 이것과 성냥 한 갑과 신문지 몇 장이 땔감 자루에 들어간다. 주전자는 납작한 네모 모양으로 특별히 제작했다. 위쪽은 양철이고 바닥은 구리 재질로 대략 가로 7인치, 세로 9인치, 높이는 2인치 정도다. 그리고 길이 14인치, 두께 1인치 정도의 작은 철근 두 개도 준비한다.

먼저 바람 방향을 확인하고 바람을 마주 보는 비탈진 곳에 자리를 잡으면 이제 삽으로 작은 구멍을 판다. 구멍 폭은 주전자 폭에 맞춰 7인치로 하고 길이는 주전자 길이보다 2인치 더 길게 판다. 주전자 길이가 9인치이니 11인치면 된다. 뒷 그림에 보이는 주전자인데, 그림에서 보듯

불구멍을 팔 때 바닥면이 비탈 아래쪽 평지까지 닿지 않고 조금 위쪽에 위치해야 더 편리하다. 구멍 바닥에서 5인치 남짓 높이에 주전자가 놓일 테니 이 높이에 맞춰서 불구멍 양쪽 경사면을 좌우로 10인치 정도 평평하게 다듬는다. 이 평평한 면에 철근 두 개를 5인치 간격으로 나란히 얹고 그 위에 주전자를 올린다.

그러면 주전자 뒷면과 비탈 사이에 2인치 정도 간격이 생긴다. 모두 반듯하게 균형이 맞는지, 주전자가 기울지 않고 안정되게 놓여 있는지 잘 확인해야 한다. 확인했으면 이제 다시 삽을 들고 풀이 잘 자란 뗏장 두 조각을 떠

야외에서 모닥불로 차 끓이기

낼 만한 자리를 찾아본다. 뗏장은 길이 12인치, 폭 10인치, 두께 3인치 정도가 적당하다. 떠온 뗏장은 풀이 위로 오도록 해서 주전자 양옆 튀어나온 철근 위에 조심히 내려놓는다. 비탈이 상당히 가파르지 않다면 뗏장을 한 조각 더 떠서 불구멍 뒤쪽에도 깔아놓는다.

대단히 정교한 작업처럼 들리겠지만, 실제로 그 정도는 아니다. 익숙해지면 삼 분이 채 걸리지 않는다. 바닥이 평평한 주전자를 마련해서 정확히 내 설명대로 따라해보면 아마 죽을 때까지 다른 방법으로 모닥불을 피우고 싶은 생각은 사라질 것이다.

불을 다 사용했으면 주전자에 남은 물을 불 위에 끼얹어 불씨가 한 점도 남지 않도록 꺼뜨린다. 뗏장은 애초 떠온 자리에 다시 깔고 사람이 건드리지 않은 것처럼 최대한 감쪽같이 장소를 원래대로 돌려놓는다. 어떤 잔해나 쓰레기도 남기면 안 된다. 종잇조각은 다시 소풍 바구니에 담고 뼛조각 하나도 땅에 떨어뜨리지 않도록 한다. 삽이 있으니 땅속에 묻거나 불 피운 자리에 묻을 수 있다.

집 근처 사유지 안에 즐겨 찾는 장소에는 가끔 오래 이용할 목적으로 작은 간이주방을 만들어두기도 한다. 불에 잘 견디는 벽돌을 쓴다는 점 외에는 언제나 기존 방식과 다를 것이 없다. 유일한 장점이라면 몇 분의 시간을 아낄 수 있고 삽을 들고 다니지 않아도 된다는 것 정도인데, 바람 방향과 맞지 않을 때도 많다.

어떤 놀이가 됐든 물에서 노는 것보다 더 재미난 놀이는 없다. 안전한 웅덩이나 개울이 없는 곳이라면 분수대나 정원 저수조에서도 재미난 시간을 보낼 수 있다. 더운 여름날에는 그저 수조 둘레에 앉아 발가락만 첨벙거려도 신이 난다. 돌로 지은 내 저수조를 깨끗이 청소하고 새 물을 받은 날에는 조카들을 불러 '저수조 파티'를 열곤 했다. 내 저수조는 10제곱피트 면적에 2피트 깊이인데 평소 단단한 나무판자를 하나 물에 띄워 놓는다. 혹시 고양이가 미끄러졌는데 때마침 수위가 낮아서 빠져나오기 힘들 때 판자가 있으면 올랐다가 훌쩍 뛰어나올 수 있다. 우리는 이 판자를 고양이 안전판이라고 부른다.

어느 날인가 조카들이 저수조에서 놀이를 하고 있었다. 이날은 멱을 감지는 않고 발만 담갔는데, 보아하니 내 작업장에서 그릇을 하나 빌려와 물을 채워서 나무판자에 태우고 저수조를 오락가락하고 있었다. "보세요, 이건 자분정이에요. 지금 영국해협을 건너고 있는데, 영국 왕이 프랑스공화국 대통령에게 보내는 선물이에요. 우리가

저수조에서 자분정 놀이를 하는 아이들

오늘 자분정에 대해 배웠거든요." 나는 아이들에게 자연 개념과 자분정 특성을 정확하게 이해하고 있다고 칭찬해 주었다. 한편으론 나도 저만한 때로 돌아갈 수 있다면, 저 수조에서 물장구도 치고 재미난 상상 놀이를 즐길 수 있다면 정말 좋겠다고 내심 생각했다.

내 뜰에는 야옹이들이 산다

야옹이들이 없다면 내가 정원에서 얻는 즐거움은 지금의 절반에도 미치지 못할 것이다. 여러분도 나만큼 고양이를 사랑하는 사람이라면 좋겠다. 고양이야말로 더할 나위 없이 정원에 어울리는 동반자니까. 정원에 나가 일을 할 때면 꼭 한두 녀석은 주위에 나타나서 내가 벗어놓은 겉옷 위에 눕거나 가까운 벤치가 있으면 거기라도 올라가 눕는다. 그중에서도 태비 녀석은 근처에 빈 바구니가 있으면 놓치지 않고 그 안에 쏙 들어가 앉는다. 나는 내가 원하는 문양으로 꽃바구니를 엮어 사용하는데, 이 꽃바구니를 들고 정원에 나가 잠깐 땅에 내려놓을라치면

꽃바구니를 차지한 고양이 태비

그 순간 바구니는 태비 녀석 차지가 된다.

하루는 바구니에 수국을 가득 담아 집에 돌아오던 길에 무화과가 익었는지 보려고 잠깐 바구니를 내려놓았다. 등 뒤에서 무슨 일이 벌어지는지 모르고 무화과를 찾다가 돌아보니 꽃바구니 안에 태비 녀석이 떡하니 들어가 있었다. 밀려난 수국 다발은 풀밭에 떨어져 있고 그나마 남은 꽃 속에 태비 녀석이 파묻혀 잠잘 채비를 하고 있었다. 또 어느 날인가는 종려 잎으로 짠 바구니에 빈 접시를 담아 정원에서 사진을 찍고 있었다. 바구니에서 접시를 더 꺼내고 싶은데 녀석이 어찌나 편히 쉬는지 차마 방해할 수가 없었다. 하는 수 없이 다시 집에 가서 접시를 더 가져왔다. 잠든 녀석의 사진을 한 장 찍고 나니 녀석이 기지개를 켜며 늘어지게 하품을 하고는 아까보다 더 평온한 자세로 다시 드러누웠다.

태비는 특히 봄꽃 정원을 좋아한다. 봄꽃 정원은 잔디밭에 나무 의자가 있고 개암나무와 떡갈나무가 있는 아늑하고 호젓한 장소다. 녀석이 햇살을 즐길 수 있는 완만한 비탈이 있고, 더위를 피할 수 있는 시원한 구석도 있고, 주목과 호랑가시나무가 있어 다른 땅이 모두 축축할 때도 녀석에게 항상 마른자리를 제공해준다. 비탈면 한 곳은 점나도나물로 덮여 있고 그래서인지 태비는 이곳이 제 잠자리로 꼭 알맞다고 생각한다. 녀석을 자주 거기서 발견하는데, 점나도나물한테는 마냥 좋은 노릇이 아닐 텐데도 작고 보송보송한 부드러운 잿빛 풀을 배경으로 녀석의 풍성한 얼룩무늬 털과 큼직한 먹구름 무늬가 어찌나 아름답게 돋보이는지 번번이 감탄하지 않을 수가 없다.

태비도 이제는 나이가 들었다. 길에서 걸어오는 녀석과 마주치면 너무 살이 쪄서 예전 몸매가 아니라는 사실을 어쩔 수 없이 인정하게 된다. 하지만 그건 어디까지나 녀석이 걸어 다닐 때만 드러난다. 앉아 있거나 편안하게 몸을 말고 누워 있을 때, 특히 문기둥에 올라앉아 당당하고 늠름하게 망을 볼 때면 결코 녀석을 살찐 늙은 고양이라고 부르지 못한다. 녀석이 한창나이일 때는 내가 문을 열어 잡아주면 이쪽 기둥에서 저쪽 기둥까지 뛰어넘곤 했다. 녀석이 좋아하는 장소에 가까이 갔는데 모습이 보이지 않으면 나는 녀석을 크게 부른다. 당장 나타나지 않아 내가 발걸음을 옮기더라도 일이 분 이내에 녀석이 나더러 어디에 있냐고 묻는 소리가 틀림없이 들려온다.

내 집 두 별채 사이에 깔린 자그마한 잔디밭도 태비가 즐겨 찾는 장소다. 어느 화창한 여름날 몸을 한껏 길게 늘인 자세로 잠들어 있는 녀석의 뒷모습을 사진에 담았다. 사진을 찍고서 "태비야" 하고 불렀다. 녀석이 몸을 그대로 뒤집어 이번에는 배를 보여주기에 그대로 두 번째 사진을 찍었다. 고양이가 대부분 그렇듯 태비도 어여쁜 개박하에 흠뻑 빠져 있다. 개박하는 정원의 여러 군데에 자라는데, 태비는 개박하가 어디어디에 있는지 훤히 꿰고 있다. 나와 나란히 걷다가도 개박하가 나타나면 그냥 지나치지 않고 코를 비벼대고 맛을 본다. 내가 걸음을 멈추고 지켜보고 서 있으면 녀석은 첫입을 맛보고 나서 개박하 한가운데로 몸을 내던져 드러눕고 구르며 그 달콤한 내음을 온몸으로 흡입한다.

블래키와 개박하도 놓칠 수 없는 광경이다. 이 녀석은 또 너무 좋아서 제정신이 아니다. 공중으로 뛰어올랐다가 개박하 한복판으로 털썩 내려앉았다가 춤을 췄다가 몸을 비틀었다가 밖으로 나오는가 싶으면 처음부터 그 노릇을 되풀이한다. 제법 자랐어도 아직 새끼 고양이이고 엄청나게 날쌔기도 하려니와

블래키와 개박하

개박하가 광란에 가까운 쾌락과 흥분을 녀석에게 불어넣는 것 같다. 사진에 담을 수 있다면 좋을 텐데 내 카메라는 너무 느려서 그나마 기억을 떠올려 해본 스케치로 대신하련다. 블래키는 꼬꼬마였을 때도 귀여운 재주를 보였다. 내가 바닥에서 1피트쯤 높이에 손을 내밀고 "블래키, 올라와" 하고 말하면 내 손바닥에 풀쩍 뛰어오르곤 했다.

티틀뱃은 집 안에서도 밖에서도 너무 사교적이다. 내가 책이나 신문을 들고 벽난로 앞에 자리를 잡으면 내 무릎에 냉큼 올라와 저를 쓰다듬으라 요구한다. 잘생긴 매끈한 머리로 책을 밀어내고 제 코를 내 손에 연신 비벼대다가 마땅히 제 몫이라 생각하는 양만큼 내 관심을 받아낸 후라야 비로소 잠잠히 있어준다.

하루는 저녁 어스름이 내려앉을 시각에 교구 목사관에 다녀올 일이 있었다. 티틀뱃이 내 뒤를 따라오고 있는 줄은 전혀 몰랐다. 목사관까지 가는 길은 잔디밭을 건너 떡갈나무와 호랑가시나무가 우거진 자리를 지나 묘목장을 가로질러 채마밭 끝까지 간 다음 마르멜로 몇 그루를 지나쳐 정원사네 오두막이 있는 큰길로 나가야 한다. 거기서부터 목사관까지는 금방이다. 볼일을 보고 돌아올 때는 날이 꽤 어두웠다. 마르멜로를 지나치는데 나무에서 부스럭거리는 소리가 들리더니 뭔가 재빨리 뛰어내렸다. 이웃이 기르는 닭이 나무에 올라가 앉아 있었나 보구나 했는데, "니야옹" 소리에 티틀뱃이란 걸 알아차렸다. 내 뒤를 따라오다가 나무 위에 올라가 내가 돌아올 때까지 기다려준 모양이다.

티틀뱃은 내가 아는 모든 야옹이 중에서 가장 다정한 녀석이다. 개나 거들먹거리던 낯선 고양이 한 놈을 제외하고는 이제껏 무엇에도 불편한 심기를 드러내는 걸 본 적이 없다.

아직 어린 새끼이던 녀석을 만난 건 와이트섬 농가에서 머물던 어느 가을이었다. 꼬물거리던 새끼 고양이 가족을 집에 두고 온 참이라 농가에 도착해서 야옹이 친구가 아무도 없으니 마음이 좀 허전했다. 그런데 다음 날 아침 내가 묵던 방의 거실 창 너머로 수줍은 작은 얼굴 두 개를 발견하고 얼마나 기쁘던지! 좁은 잔디밭 건너편 정원 화초 뒤에서 고개만 빼꼼히 내다보고 있었다. 아침 식사를 마치자마자 밖으로 나가 녀석들과 친해져 보려 했다. 아직 한 번도 사람의 손을 타거나 길들여진 적이 없어서인지 새끼들은 제법 사나웠다. 내 방 창문 바로 앞 관목 덤불 가장자리에 다알리아가 한 포기 자라고 있었다. 그중 살짝 튀어나온 가지에 끈을 묶고 끈 끄트머리에는 흰 종잇조각을 매달아 팔랑거리게 해놓았다. 그렇게 해놓고서 안에 들어와 지켜보았다.

얼마 지나지 않아 두 꼬마 형제 중에 더 색이 짙고 무늬가 선명한 녀석이 (장차 티틀뱃이 될 녀석이다) 조심스럽게 다가와 그 이상한 물체를 조사하기 시작했다. 물체가 움직이니까 녀석이 돌진하는데, 그럴수록 더 멀리 핑그르르 돌아갈 뿐이다. 녀석은 이내 이것이 굉장한 놀잇감이라는 걸 간파했다. 그제야 다른 한 마리도 다가와 같이 한바탕 신나게 놀았다. 다음 날 아침을 먹으며 나는 납작한 접시에 우유를 따라 놀잇감 근처 잔디 위에 가져다두었다. 녀석들이 아주 조금씩 조심조심 다가가 우유를 핥아 먹는 동안 나는 내내 녀석들에게 내 모습이 보이는 열린 창가에 서 있었다.

녀석들을 위해 놀잇감을 하나 더 준비했다. 다알리아에 매단 것과 똑같지만 이번에는 막대에 매달아 낚싯대처럼 내가 창문에서 흔들어줄 수 있도록 만들었다. 녀석들은 잠깐 주저하다가 다가와 이 놀잇감을 가지고 놀았다. 창가에 서 있는 나를 보면서 내내 그렇게 놀았으니 대단한 진전이라 할 수 있었다. 다음 단계로 우유 접시를 창틀에 놓아두었다. 티틀뱃이 거기까지 올라와준 것이 정말 기쁘고 흐뭇했다. 두 녀석 중에 몸집도 더 크고 힘도 센 티틀뱃이 늘 앞장을 섰다.

이제 다음 단계는 방안 창문 가까이에 탁자를 붙이고 그 위에 우유를 올려둘 차례였다. 처음에는 잔디 위로 그 다음은 창틀 위로 놀잇감을 이용해 두 녀석을 유인했다. 창틀에 올라온 녀석들이 드디어 탁자까지 이르렀다. 엄청난 진전이 아닐 수 없었다. 두 녀석이 우유를 마시는 동안 나는 살살 녀석들을 쓰다듬었다. 움직임이 빠르면 녀석들이 겁을 먹을 테니 손을 가까이 가져갈 때도 천천히 움직였다. 이제야 두 녀석이 나를 신뢰하게 되었음을 알 수 있었다. 처음 친해지려고 손을 내민 날로부터 대략 닷새만이었다. 그러고서는 녀석들에게 신경 쓰지 않는 척했지만, 당연히 곁눈질로 연신 살피고 있었다.

다음 날부터는 녀석들이 제 발로 창문을 넘어 방안에 들어왔다. 보름간의 숙박을 채우기 전부터 티틀뱃은 매일 규칙적으로 찾아와서 내가 책을 읽거나 작업을 하는 동안 무릎이나 어깨에 앉아 가르랑가르랑 노래를 불러주었다. 떠나올 때 도저히 녀석과 헤어질 수 없었던 내 심정이 여러분도 짐작되지 싶다. 나는 녀석을 키우게 해달라고

핑키

농장에 사정해서 집에 데려왔다. 그리고 녀석을 보살피는 임무를 내가 키우던 고양이 핑키에게 맡겼다. 핑키는 티틀뱃보다 두어 달 앞선 어린 고양이였다. 둘은 첫눈에 서로를 마음에 들어 했고 곧 둘도 없는 단짝이 되었다. 잠시라도 떨어지면 상심한 핑키가 어찌나 애통하게 울며불며 단짝을 찾아 헤맸는지 모른다.

사진으로 보면 핑키를 흰 고양이라고 생각할 수도 있겠다. 그런데 배의 흰 털이 꽤 넓게 감싸고 있어서 그렇지 등은 온통 얼룩무늬다. 그 얼룩무늬가 옆구리에서 흰색과 만나는 형태를 보면 나는 항상 지도가 떠오른다. 서쪽으로는 고양이 등 대륙의 큰 땅덩이 두 개가 마치 두 개의 인도처럼 흰색 인도양으로 쑥 내려와 있다. 동쪽으로

핑키의 서쪽 입면도(상) / 동쪽 입면도(하)

는 하나의 인도 혹은 남아프리카가 고양이 대서양까지 넓게 이어지는 한편 어깨 높이에 뭉툭하고 커다란 곳이 튀어나와 있고 그 아래 원형에 가까운 거무스름한 섬이 흰 털을 배경으로 멋진 효과를 자아낸다.

거실에서 정원으로 나가는 문 맞은편 충계 꼭대기는 태비가 아주 좋아하는 자리다. 내가 근처에 있다는 걸 확인하면 녀석은 그 자리에 앉아 가까운 수풀을 주시하곤 한다. 수풀에는 언제나 흥미를 끄는 물체가 있어서 시야에 잡히거나 아니면 적어도 소리라도 들려온다. 태비는 흰 바탕에 붉은 얼룩무늬가 있다. 다른 고양이와 달리 정원에서는 별로 나를 따라다니지 않지만, 집 안에서는 늘 내 옆에 붙어 있다. 아주 매끄럽고 보드라운 털에 다소곳한 태도를 지녀서 요조숙녀 같다는 소리를 늘 듣는다.

다른 고양이에게서 한 번도 보지 못한 희한한 버릇도 한 가지 있다. 태비는 기분이 좋을 때 제 꼬리를 한껏 부풀린다. 대개 단모종 고양이는 겁을 먹거나 화가 나거나 싸울 태세일 때만 꼬리를 부풀리는데, 태비는 나랑 같이 놀이를 하다가 만족스러운 기분이 들면 꼬리를 아름답게 부풀린다. 태비는 시샘이 많아서 다른 고양이가 있으면 나를 따라나서지 않는다. 그래도 드물게나마 이따금 나와 함께 정원을 거닐 때면 꼬리를 아름답게 부풀리고 걸음을 이상하게 걷는다. 씰룩씰룩 좀 뽐내는 걸음이랄까, 우리는 이걸 태비의 과시형 '씰룩걸음'이라 부른다. 걸으면서 연신 목에 힘을 주어 가르랑거리며 관심과 칭찬 세례를 받고 싶어 한다.

도로시아네 집은 내 집에서 1마일 정도 떨어져 있다. 아름다운 자연과 정원에 둘러싸인 사랑스러운 집으로 고양이도 사랑을 많이 받으며 살고 있다. 그 집에 신기한 일이 일어났다. 어느 날 아침 주먹만 한 새끼 고양이 두 마리가 문 앞에서 발견되었다. 하나는 털이 검고 다른 하나는 붉은 장모종 고양이였다. 두 녀석이 배고파 울며 돌봐줄 손길을 찾고 있었다. 태어난 지 얼마 되지 않아 어미 곁을 떠나기엔 너무 어린 새끼들이 도대체 어디에서 나났는지, 어떻게 이 집까지 왔는지는 영원히 풀리지 않는 수수께끼다. 주위에 다른 집도 없건만 어떤 불가사의한 본능이 이 굶주린 고양이들을 그 상냥한 집으로 인도했는지 아무도 모를 일이다.

먼 길을 오기라도 했는지 흙투성이가 된 몸으로 춥고 배가 고파 떨고 있던 두 녀석을 그 집 가족들이 안으로 들여 먹이고 씻기고 따뜻한 잠자리를 마련해주었더니 금

도로시아와 디나

세 건강하게 기력을 되찾았다. 이삼일 뒤 도로시아에게
흰 장미 화관을 가져다주려고 내가 방문했을 때 이미 까
만 녀석은 촐랑대며 뛰어다니고 있었다. 도로시아에게 듣
기로는 "야옹이가 시계나무에 올라가려고" 애를 쓴다고
했다. 도로시아가 시계나무라고 부른 것은 실은 시계꽃이
다. 사진에 보이는 더치로즈 화원 계단 바로 너머로 시계
꽃이 집에 기대 자라면서 줄기 아랫부분이 나무처럼 굵
어져서 나무라 부른 것이겠지.

어떤 소녀는 고양이의 가르랑 소리를 이렇게 묘사했다.
"야옹이가 팔랑 방앗간을 돌려요." 참 아름다운 표현이
다. 새끼 고양이가 둥근 바구니 안에 들어가 누울 때 이
따금 여러 문양이 만들어진다. 보고만 있어도 재미있다.
새끼 고양이 다섯 마리가 마치 접시에 올린 튀김처럼 대

새끼 고양이 세 마리 평면도   새끼 고양이 다섯 마리 평면도

새끼 고양이 네 마리 평면도

등고양이변 삼각형

청을 이룬 모습도 보았고, 네 마리가 마치 파이에 들어갈 메추리들처럼 조그만 발을 모두 가운데에 모으고 있는 모습도 보았다. 고작 네 녀석인데 그렇게 발가락이 많다니 보면서도 내 눈이 의심스러웠다. 거의 균등한 거리로 우유 접시에 둘러선 고양이 세 마리가 만들어내는 문양은 또 얼마나 이쁜지! '등고양이변 삼각형'이라 불러도 좋지 않은가!

4장

관찰일기

식물의 소리

이제껏 살아오면서 내가 발견한 가장 가치 있는 일 중 하나는 면밀한 관찰 습관을 기르는 것이다. 매사가 그렇 듯 이 습관 역시 많이 해볼수록 점점 쉬워지고 결국에는 거의 의식하지 않고도 비판적인 관찰이 가능할 만큼 체 화된다. 이렇게 익힌 습관은 정원과 관련된 모든 일에서 톡톡히 제 몫을 한다. 예컨대 화훼전시장이나 수목원에 금시초문인 식물이 등장하더라도 그 식물의 장점을 판단 하고 같은 종류의 익숙한 식물과 비교해서 어떤 점이 왜 좋은지, 어떻게 다른지 즉시 파악할 수 있다.

관찰 의지와 능력은 시력이 예리하냐 아니냐에 좌우되

지 않는다. 이 점은 나 자신의 경험으로 익히 알고 있다. 나는 시력도 나쁘거니와 눈이 불편한 사람이다. 극심한 고도근시가 계속 진행되고 초점거리는 2인치가 될까 말까 한다. 그러나 부실한 시력이나마 최대한 활용하려고 애쓰고 멀리까지 잘 보이는 시력 좋은 사람이 놓친 것을 오히려 내가 관찰할 때도 많다.

일종의 보상이라고 해야 할까, 대신 나는 청력이 아주 예리하다. 풀밭이나 히스 덤불 혹은 나무 아래 낙엽 더미에서 조그맣게 바스락거리는 소리가 들리면 뱀인지 도마뱀인지 쥐인지 새인지 알아맞힐 정도다. 날갯짓 소리만으로도 알 수 있는 새가 여러 종이다. 나뭇잎을 스치는 바람 소리로 가까이에 무슨 나무가 서 있는지 거의 매번 맞힐 수 있다. 같은 나무라고 해도 나뭇잎 질감이 더 단단해지고 마르기 때문에 봄철 소리와 가을철 소리가 한참 다르다.

자작나무는 작고 빠르고 음조가 높은 소리를 낸다. 마치 빗방울 소리 같아서 자작나무 이파리끼리 서로 후드득후드득 부딪칠 뿐인데 정말 비가 오는 줄 깜박 속곤 한다. 떡갈나무 이파리도 자작나무보다는 낮지만 비교적 높은 소리를 낸다. 가벼운 산들바람이 밤나무 이파리를 지날 때면 훨씬 더 찬찬한 소리가 난다. 느릿한 스르륵 소리라고 할까.

거의 모든 나무가 솔솔 부는 바람에 듣기 좋은 소리를 내지만, 고백하자면 나는 포플러가 내는 소음은 하나같이 듣기가 싫다. 괴로울 만큼 소란하고 야단스럽고 어수선하다. 이에 반해 구주소나무의 잔잔한 속삭임은 가까이에서나 멀리에서나 얼마나 기분 좋게 마음을 쓸어주는지 모른다. 바람에 출렁이는 밀밭, 특히 무르익은 보리밭의 낮은 읊조림은 또 얼마나 듣기 좋은지. 키 큰 초본식물, 갈대와 조릿대는 신기하게 메마른 소리를 낸다. 물대소리는 센바람이 불 때보다 건들바람 속에서 더 커진다. 세찬 바람이 긴 리본 같은 이파리를 쭉 펼쳐 서로 덜 맞닿게 해놓아 그렇다. 이것을 두고 "연풍에 바스락거리고 폭풍에 잠잠하다"라고 아랍 사람들은 말한다.

뭐니 뭐니 해도 내가 아는 모든 식물을 통틀어 나뭇잎 소리가 가장 이상한 것은 플로리두스받침꽃이다. 이파리가 꽤나 마르고 거친 성질이라 서로 닿을 때마다 쓸리고 갈리는 소리가 난다.

식물의 색깔

색에 관해서는 관찰할 것이 그야말로 무궁무진하다. 색상을 보는 훈련을 해보지 않은 사람은 부분부분 자신이 아는 대로 색상이 보인다고 착각할 때가 많은 반면 훈련된 시각은 주위 관계를 고려해 실제로 '나타나 보이는' 대로 색상을 인지한다. 예전에 한 친구와 자동차를 타고 갈 때의 일이다. 제법 똑똑한 친구였는데, 멀리 나무가 우거진 언덕이 가까운 산울타리처럼 초록색으로 보인다고 고집스레 주장했다. 이미 초록색이라고 알고 있으니 다르게 보지를 못했다. 나는 가까운 초록 나뭇가지 사이 조그만 틈으로 언덕 한쪽 측면이 보이되 멀리 하늘과 맞닿은 울창한 등성이는 시야에 잡히지 않는 지점에 차를 세웠다. 그제야 언덕이 파랗게 보인다며 친구는 깜짝 놀랐다.

이렇게 보는 좋은 방법을 하나 더 일러주겠다. 우엉 잎처럼 커다란 밝은 녹색 잎을 하나 찾아 동그랗게 구멍을 뚫고 눈에서 팔 길이 절반쯤 거리를 띄워 들어보자. 그럼 구멍을 통해 먼 풍경이 일부분 보이는 동시에 이파리의 표면 전체가 눈에 들어온다. 이 두 가지가 모두 시야에 잡혀야 실제 먼 곳의 상대적인 색상이 보인다. 나도 늘 이 방법을 사용한다. 단, 그러기 전에 먼저 먼 색상의 참값을 내가 얼마나 근사치로 맞추는지 궁금해서 나뭇잎 액자 없이 먼 곳을 응시해본다. 대기에 수증기가 자욱한 가을 날 밭갈이를 마친 너른 밭에 서보자. 발밑 흙은 분명 기름진 갈색인데 멀리 밭 끄트머리에 새로 갈아엎은 흙은 푸르스름한 보랏빛을 띨 것이다.

구름 없이 쌀쌀한 3월의 날들, 연중 어느 때보다 하늘이 더 강렬하고 짙은 파란빛일 때 우리 동네에는 거위가 자주 찾아와 파릇파릇 드넓은 공원부지에서 풀을 뜯는다. 그런 날 나는 흰 거위의 북쪽 옆구리에서 신기한 파란빛을 여러 번 목격한다. 오후 세 시쯤 북서쪽을 향하고 서서 거위를 바라보면 내 오른쪽으로 나란한 녀석의 옆구리는 밝은 파란색이고 그 반대편 옆구리는 밝은 노란색을 띠다가 해가 서서히 서쪽을 향해 기울수록 점점 주황빛으로 짙어지면서 축축한 대기 깊숙이까지 빛이 퍼져나간다.

　여러 해 전 나는 나무로 지은 화실에서 동물 그림을 그리곤 했다. 특히 백마를 그릴 때는 항상 신이 났다. 잘생긴 머리의 진줏빛 색감이며 주둥이의 푸르스름한 빛깔은 볼 때마다 눈이 즐거웠다. 게다가 훌륭한 혈통의 백마를 여러 마리 키우는 친절한 이웃 덕분에 모델을 구하지 못해 애먹는 일도 없었다. 하루는 나이가 들어 점점 털이 하얘진 말 샘슨을 그리고 있었다. 녀석은 제 말뚝 옆에서 졸고 있고 나는 한동안 모델을 보지 않고 그림을 그리다가 한참 만에 고개를 들었는데, 세상에, 옆구리에 커다란 주황 점이 찍힌 파란 말 한 마리가 눈앞에 서 있었다. 그 기묘한 빛깔의 환영이 준 느닷없는 충격을 지금도 잊지 못한다. 마구간 판자 하나에서 옹이가 떨어져 나오며 생긴 둥근 구멍으로 따뜻한 오후 햇살이 들어와 큰 북측 창의 푸른빛으로 이미 물든 샘슨의 흰 털 위에 노랗게 내리쬐고 있었다.

색의 이름

정원을 가꾸는 사람이 꽃의 빛깔을 묘사하면서 앞뒤를 잘 헤아리지 않고 흐릿하게 넘어가거나 잘못된 색상을 갖다대는 모습에 나는 깜짝깜짝 놀란다. 다들 확신에 차 있고 설명이 잘못되었다는 자각은 손톱만큼도 없다. 아마도 색상 개념을 전달할 때 대개 특정 물질 이름을 관습적으로 혹은 비유적으로 사용해왔기 때문인 것 같다. 이런 오류 중에 일부는 아주 오래 쓰이면서 일종의 신망을 획득한 덕분에 아무런 이의 제기 없이 받아들여지고 있다. 친숙한 꽃을 설명하는 경우에는 이미 무슨 꽃인지 알고 그 꽃의 진짜 색깔도 아니 잘못된 묘사의 오류를 감지하지 못하고 지나친다. 반면 새로운 꽃을 설명하면서 똑같은 해묵은 오류를 가져오면 어폐가 확연히 드러난다. 예를 들어 황금빛 미나리아재비라는 말을 들어도 우리는 그것을 샛노란 미나리아재비라고 알아듣는다. 그러나 새로운 꽃이나 일반적으로 알려지지 않은 꽃이라면 직접 샛노란색이라고 말하는 편이 더 정확하다.

식물 소개 책자에서 '황금빛 노랑'만큼 자주 등장하는 표현도 없을 텐데, 정작 말하려는 색상은 '샛노랑'일 때가 많다. 황금색은 선명한 노랑이 아니다. 내가 찾아본 바로는 자갈길 위나 모래밭에 놓인 금화가 가장 제 색상에 근접하다. 꽃가루 덮인 꽃밥이 그와 비슷한 색을 띠는 꽃은 많지만, 꽃 자체의 색상이 황금색과 일치하거나 최소한 엇비슷한 경우가 과연 있을까 모르겠다. 시들어가는 너도밤나무 잎, 말라서 색이 짙어진 짚이나 겨이삭 정도가 그나마 얼추 황금색과 비슷할 수 있는데, 황금색과 비슷해진 이 이파리들도 결코 선명한 노랑과는 거리가 멀다.

물론 문학은 사정이 전혀 다르다. 시인이나 소설가가 '황금빛 미나리아재비 들판'이라거나 '황금빛 노을'이라고 하는 말은 예술적 지각에 호소하는 것이므로 틀리다고 말할 것이 없다. 그저 황금빛이라는 단어를 사용해 화려하게 이글거리는 이미지를 표현하고 있을 뿐이다.

다른 색상 역시 이렇게 무관한 비유가 공통으로 쓰이는 것 같다. 선명한 파란색 꽃은 종종 '자수정처럼 반짝이는 파란색'으로 묘사되곤 한다. 왜 하필 자수정일까? 대부분 알고 있듯 자수정은 연한 자줏빛 돌멩이다. 선명한 자줏빛 자수정이 있기는 해도 연자줏빛만큼 흔하지 않으며 어렴풋이라도 파란색에 근접한 자수정은 아직까지 한 번도 못 보았다. 그런 마당에 눈부시게 순수한 파란색 참제비고깔 같은 꽃을 더 흐릿하고 전혀 다른 색상의 원석에 비유하는 것이 무슨 의미가 있을까?

내 생각에 꽃의 색상을 묘사할 때는 평소 색상에 변화가 거의 없는 물질을 찾아 비유하는 것이 가장 합리적인 듯하다. 가령 유황 같은 물질 말이다. 유황의 색상은 거의 변함없이 한결같다. 시트론, 레몬, 카나리아도 색상 이름으로 유용하다. 각각 농도가 연한 것, 진한 것, 아주 옅은 연둣빛을 띠는 것까지 여러 색조의 순수한 연노랑을 가리킨다. 용담의 찌를 듯 강렬한 색조를 연상시키는 용담색Gentian-blue도 유용한 이름이다. 터키석색turquoise-blue은 터키석 색조가 비교적 고르기 때문에 가리키는 색상이 늘

균일한 편이다. 물망초색^{Forget-me-not blue} 역시 토종 물망초 꽃 색상을 뜻하는 좋은 이름이다. 하늘색^{Sky-blue}은 좀 모호하지만, 선명한 파랑보다는 다소 옅은 물망초색과 비슷한 파랑을 나타내는 말로 쓰임새가 굳어지긴 했다. 실제로 꽃의 색상과 창공의 색상이 서로를 묘사하며 호혜적으로 쓰인 글을 읽은 기억도 있다. 코발트^{Cobalt}는 쓰이는 빈도에 비해 잘못 사용되는 경우가 많은 편이다. 수채화 화가가 아니고서는 코발트가 무슨 색상을 뜻하는지 정확히 알기 쉽지 않고, 코발트색을 띠는 꽃 자체도 보기 드물다.

스페인붓꽃, 독일붓꽃의 변종처럼 경이로운 색상의 꽃을 묘사하고 싶을 때 구릿빛^{bronze}과 연기 빛깔^{smoke} 같은 표현을 적절하게 구사해도 좋다. 아울러 꽃을 묘사하면서 질감을 함께 언급해주면 색상 표현이 한층 효과적으로 전달되기도 한다. 나는 아담한 뱀머리붓꽃을 녹색 새틴과 검정 벨벳이 어우러진 꽃이라고 표현하곤 한다. 녹색 부분은 아주 살짝 녹색을 띠고 있을 뿐이지만 전체적으로 녹색 새틴 느낌이 물씬 나고, 검정 부분은 그냥 검정이라 하기엔 아쉽고 검정 벨벳이라 하면 들어맞는다. 오르니토갈룸 누탄스 꽃의 질감은 은색 새틴이라 할 수 있다. 딱히 은빛이나 새틴 느낌이 강하지 않은데도 두 가지 질감을 모두 은근히 드러내고 있어서 그런 표현이 쓰일 법하다. 질감은 실제로 색면色面의 외양에서 대단히 중요한 역할을 담당하기 때문에 질감을 빼놓고 색상을 떠올리기란 어렵다. 한 가지 원사로 검정 새틴과 검정 벨벳을 각각 직조할 수도 있다. 그러나 완성된 새틴과 벨벳의 외양이 너무나 이질적이라 색상이 사뭇 달라 보이기도 한다.

색상 보는 훈련이 되어 있으면 검은색 하나에도 얼마나 다양한 색조가 펼쳐지는지 놀라울 정도다. 그을음의 칙칙한 검갈색도 있고 콩꽃의 반점처럼 벨벳 같은 검갈색도 있다. 나는 자연물 중에서 이베리아붓꽃의 아래 꽃잎 조각보다 순수한 검은색을 아직 보지 못했다. 다른 화가의 전체 팔레트보다 벨라스케스Diego Rodriguez Velazquez의 검정에 더 많은 색이 담겨 있다고 말한 것이 러스킨John Ruskin이던가? 콩꽃의 반점은 처음에는 검정으로 보이다가 햇살 아래 자세히 보면 볼수록 윤기 나는 벨벳 질감이 드러나 마치 나비 날개의 갈색 벨벳 무늬 같은 느낌을 준다. 또 납작한 반원 모양 버섯류 중에도 그렇게 윤기 나는 색감과 질감을 가진 것이 있다. 오래된 기둥에서 자라고 어두운 색조의 고리 무늬가 나 있는데, 볼 때마다 회색과 갈색과 검정의 아름다운 색 조화를 배우며 감상하곤 한다.

세이지색sage-green도 색상을 나타내기에 좋은 말이다. 세이지는 겨울이건 여름이건 잎의 색상이 거의 변하지 않는다. 올리브색olive-green은 썩 명확하지 않다. 포도주병을 빛에 비췄을 때의 유리 빛깔처럼 갈색이 감도는 녹색을 나타내는 말로 사용되지만, 이런 경우는 병녹색bottle-green이 더 어울린다. 게다가 숙성된 올리브는 검은색에 가깝고 전체 나무와 세세한 이파리는 서늘한 회색을 띠는 마당에 올리브색이 정확히 올리브의 어느 부분 혹은 어떤 상태를 뜻하는지도 분명하지 않다. 어쩌면 이 말은 식탁에 종종 등장하는 올리브 색깔 즉 익지 않은 과실을 소금물에 절인 피클 색상에서 가져온 말인지도 모르겠다. 풀색grass-green은 누구나 이해하기 쉬운 말인 반면 사과색apple-green은 들을 때마다 헷갈린다. 빨간 사과, 노란 사과는 말할 것도 없고 풋사과도 종류마다 초록의 색상이 다양하다. 완두색pea-green도 무슨 뜻인지 나는 도통 모르겠다.

흰눈색snow-white 역시 참 모호하다. 눈의 색깔은 수정처럼 맑은 표면과 투명함 때문에 늘 파란빛이 감돌고 어떤 꽃의 질감도 눈의 질감과는 달라서 비유 자체가 성립하기 어렵다. 그래서 나는 "눈처럼 새하얗다"는 말이 황금빛 노랑이라는 말처럼 묘사적이기보다는 상징적으로 쓰이면서 순수한 인상을 풍기는 흰색을 나타낸다고 이해하기로 했다. 사실상 흰 꽃은 대부분 노르스름한 흰색이고 베르나자반풀 꽃처럼 비교적 드물게 푸르스름한 흰색 꽃은 눈과 질감이 전혀 달라 나란히 비유하기가 어렵다. 내 생각에 대부분의 흰 꽃은 백묵색chalk에 가깝다. "백묵처럼 희다"는 표현이 다소 얕잡아보는 투로 쓰이곤 하지만, 강렬한 백색이 아닐 뿐 사실은 아주 아름답고 따뜻한 흰색이다.

식물의 내음

어릴 적 나는 혼자 보내는 시간이 아주 많았다. 그래서
놀이를 할 때마다 정원이며 덤불에서 나름대로 나만의
놀잇감을 발견하곤 했다. 우리 집에는 넉넉한 잔디 오솔
길이 깔린 제법 넓고 무성한 관목정원이 있었다. 당시 이
미 조성된 지 여러 해 지난 정원이었는데—잘 조성된 관
목정원이 드문 시절이었다— 요즘에도 최고의 수종으로
여겨질 만큼 보기 좋은 관목과 수목이 여럿 자랐다. 정원
한쪽에 촉촉한 토탄질 토양이 덮인 땅에는 철쭉, 진달래,
칼미아, 마취목이 있었는데, 그중 내가 거의 숭배하다시
피 하던 것이 한 그루의 마취목이었다. 내 머리 높이께에

갈란드로즈 향을 맡아보는 아이

꽃을 피우는 떨기나무로 당시 나무 이름도 모르면서 내 마음대로 '스노드롭나무'라고 부르곤 했다.

나는 그 장소에 피어나는 꽃을 하나하나 속속들이 알아갔다. 꽃의 모양과 색깔과 무늬는 물론 꽃의 냄새까지도. 장미가 종류마다 어떻게 다른 냄새를 풍기는지 나는 귀신같이 알아차렸다. 요즘처럼 달콤한 장미종이 그렇게 많지 않은 시절이었지만, 그곳에서 자라는 장미는 눈을 감고도 한 종 한 종 구별할 수 있었다. 그때의 향 하나하나를 그 후로도 줄곧 기억하고 있다. 관목정원에는 로사루시다라는 아메리카 장미가 풍성하게 무리 지어 자랐다. 줄기가 불그스름하고 가시가 없었다. 향이 아주 희미했지만 꽤 독특했다. 시나몬로즈는 좀 더 향긋하면서도 역시나 강하지 않은 향이었다. 다마스크로즈와 캐비지로즈 그리고 장미 변종인 채송화는 장미 본연의 향에 끈끈한 이끼 내음이 더해져 기분 좋은 강렬함이 남았다. 아마도 내 어린 코는 꽃 내음에 단단히 단련되었던 모양이다.

그렇게 무수히 많은 향긋한 꽃 내음 사이에서도 이따금 고약한 것이 하나쯤 나타났다. 내가 늘 악취라고 생각한 내음은 평범한 매자나무 향이었다. 가시로 뒤덮인 이 관목은 갸름하니 예쁜 빨간 열매를 맺는다. 매자나무 꽃에도 한 가지 매력은 있었다. 꽃을 살펴보다가 꽃 수술의 민감함을 발견한 덕분에 알게 되었다. 꽃 속에 보이는 실 같은 작은 가닥이 꽃의 수술이고 수술 끝에는 꽃밥이라는 조그만 방석 위에 미세한 꽃가루가 달려 있다. 매자나무 꽃을 비롯한 몇몇 꽃은 수술이 꽃잎 안쪽 면에 기대 누워 있는데, 수술을 아주 살짝 풀잎 끄트머리로 간질이듯 건드리기만 해도 암술을 향해 일제히 날아간다. 대부분 꽃 한가운데에 이런저런 모양으로 서 있는 작은 기둥이 암술이고 암술머리는 둥근 손잡이 모양이며 암술대 밑동은 꽃의 목구멍 아래까지 이어져 있다. 마치 동물처럼 재빨리 움직이는 꽃의 모습이 어찌나 재미있던지 지독한 냄새에도 불구하고 매자나무 덤불로 자꾸 발길이 이끌렸다.

나중에 바람이 어떻게 향내를 실어 나르는지 알게 된 뒤로는 바람이 불어오는 쪽을 살펴 조심조심 나무로 다가가곤 했다. 사실 그렇게까지 나쁜 냄새라기보다 은근히 역한 향인데, 여하튼 나에게는 그 향이 지독해서 모종의 두려움을 불러일으키던 시절이 있었다. 근처에 매자나무가 있다는 사실을 잊어버리고서 미처 예상하지 못한 채 매자나무 향을 맞닥뜨리기라도 하면 무서워서 걸음아 날

살려라 도망치곤 했다.

어른이 된 뒤로도 살아 있는 것 중에 내게 그런 류의 강한 역겨움을 안겨준 냄새가 하나 있다. 얕은 물속 진흙에서 자라는 초록 산호 모양의 수초 냄새다. 장성한 뒤 템스강 후미 가까이에 살던 시절, 나는 보트를 타고서 배 가장자리로 몸을 수그린 채 강의 진흙 바닥에 사는 신기한 것들을 들여다보곤 했다. 그 수초를 처음 발견한 것은 막대기로 홍합을 따고 있을 때였다. 홍합은 대개 껍데기를 살짝 벌린 채 강바닥에 반쯤 박혀 있다. 가는 버드나무 가지 같은 작은 막대기로 살살 강바닥을 더듬다가 벌려 있는 홍합 껍데기 틈에 막대 끝이 걸리면 홍합이 껍데기를 꽉 다문다. 그때 막대기째 들어 올리면 된다. 막상 잡아도 쓸 데가 없으니 껍데기 안쪽이 다치지 않도록 살살 막대기를 뺀 다음 다시 강물에 던져 넣는다.

하루는 홍합들 틈새에서 신기한 초록 물풀이 눈에 띄었다. 생김새로 봐서는 꽤 가지가 굵은 초록 연산호처럼 보였다. 역시나 자세히 관찰하고 싶은 마음에 노를 이용해 조금 건져 올려 요리조리 뒤집어가며 들여다보고 냄새를 맡아봤다. 끔찍한 냄새였다. 그런데 이상도 하지, 사실 따져보면 그렇게 고약한 냄새가 아니고 오히려 몰약 향에 가까운 향기였다. 이때 내 나이가 스물넷이었는데, 어린 시절 매자나무와 얽혀 기억하던 희한한 두려움이 다시금 되살아났다.

이 수초 역시 무슨 묘한 끌림이 있었는지, 나는 한 번에 그치지 않고 여러 번 냄새를 맡았는데 맡을수록 역겨운 느낌이 점점 강해질 뿐이었다. 그러다가 진저리를 치며 결국 내던졌지만, 냄새의 원인을 제거한 뒤로도 그 끔찍한 냄새가 계속 나를 따라다녔다. 며칠이 지나도록 이 냄새를 떨쳐낼 수가 없었다. 줄곧 내 코끝에서 떠나지 않는 것 같았다.

희한하게도 돌이켜 생각해보면 솔직히 그게 정말 나쁜 냄새였다고는 말하기 어렵다. 물론 살아 있는 것 가운데에도 정말 악취가 지독한 것이 더러 있다. 냄새가 고약한 곰팡이가 그렇고 천남성의 일종인 드래곤아룸이 그렇다. 다행히 꽃이 악취를 풍기는 경우는 매우 드물지만 한두 가지는 있다. 그에 비하면 이 몰약 향의 초록 수초는 그렇게 고약한 악취가 아니었는데, 다만 나에게는 끔찍한 냄새라 두려운 마음마저 들었다. 다른 사람도 나와 같은 느낌일지, 아니면 그저 나의 별스러움 때문인지 궁금하기는 하다. '별스러움'이란 남들과 다르게 자신만의 독특한 방식으로 느끼는 무엇이 있다는 뜻이니까.

이런 이야기를 들려주는 이유는 냄새가 꽃과 식물에 대해 얼마나 많은 사실을 알려주는지 보여주고 싶어서다. 냄새는 식물을 알아가는 가장 중요한 몇 가지 방법 중 하나다. 단지 꽃만이 아니라 식물의 잎과 줄기에도 냄새가 있다. 스위트 버베나와 향긋한 제라늄 이파리에서 얼마나 맛있는 냄새가 나는지 알고 있겠지. 길레아드발삼나무, 키 작은 진달래 덤불, 들버드나무, 소귀나무, 은매화도 그렇다. 이런 떨기나무 이파리를 힘주어 문지르면 더없이 달콤한 향이 난다.

식물의 문양

어여쁜 칼미아처럼 향기가 없는 꽃을 보면 아까운 생각이 든다. 우리 옛날 집의 관목정원이 간직한 보물을 꼽을 때 칼미아 덤불도 빼놓을 수 없다. 이 아름다운 꽃은 보고 또 봐도 언제나 눈이 즐거웠다. 6월이 오면 나는 붉게 골이 진 칼미아 꽃봉오리를 찾아다니기 바빴다. 조금 기다리면 이 봉오리가 둥근 오각형 모양의 장밋빛 홍조를 띤 꽃으로 피어났다. 살짝 각진 테두리는 순수한 장밋빛이고 꽃 전체는 더없이 맑고 깨끗한 연한 분홍색을 띤다. 꽃 뒷면에는 뾰족한 꽃잎 꼭짓점 아래 그리고 두 꼭짓점의 중간 위치 아래에 하나씩, 모두 열 개의 작은 혹이 봉긋 솟아 있다.

이 혹 덕분에 칼미아 꽃에 개성
이 더해진다. 꽃 안쪽을 보면 옴폭
들어간 열 개의 작은 홈이 나 있고
수술 끝에 달린 꽃밥이 그 홈에 얹
혀 있다. 각각의 홈 바로 위쪽으로
작은 진홍색 점이 찍혀 있는데, 뾰

칼미아 꽃

족한 꽃잎 꼭짓점 아래에 찍힌 점일수록 색이 진하고 꽃
잎 곡선이 낮게 내려온 자리 아래 찍힌 점일수록 색이 옅
거나 거의 희미하다. 꽃받침으로 이어지는 목구멍 가까이
에는 지그재그의 작은 색 고리가 더없이 예쁘게 그려져
있다. 지그재그의 볼록한 자리는 위로 기댄 수술의 자리
와 정확하게 일치한다.

칼미아 꽃 수술도 아주 민감해서 매자나무 꽃만큼 빠
르지는 않아도 건드리면 암술로 모여든다. 칼미아 꽃을
처음 보면 표면이 매끈한 것 같지만, 야외에서 햇살 아래
자세히 들여다보면 꽃 바깥이 희끗희끗 미세한 잔털로
덮여 있다. 이 바깥쪽 잔털 사이사이 그리고 꽃 안쪽에도
작디작은 다이아몬드처럼 미세한 점들이 반짝인다.

이제 여러분 차례다. 무엇이든 원하는 꽃을 하나 골라

구석구석 뜯어보고 요리조리 뒤집어보고 냄새를 맡고 촉
감을 느껴보면서 꽃에 담긴 작은 비밀을 낱낱이 찾아보
자. 꽃은 물론이고 잎과 봉오리와 줄기도 빼놓지 말도록.
분명 놀라운 것을 아주 많이 발견할 수 있다. 이렇게 식
물과 친해지자. 평생 동안 여러분에게 아주 좋은 친구가
되어줄 테니.

잎을 들여다볼 때는 모양을 관찰해보자. 칼미아처럼
가장자리가 밋밋한 둥근잎인지, 장미처럼 새의 날개깃 모
양인지, 깃 모양에서도 이중 혹은 삼중 겹잎인지 구별이
된다. 산형꽃나무와 양치식물 가운데 잎자루에서 잎이
여러 갈래로 자라는 경우가 많다. 토끼풀처럼 잎이 셋으
로 갈라진 삼엽형, 패랭이꽃이나 잔디처럼 폭이 좁고 가
느다란 선형 등등 잎의 모양에도 종류가 다양하다. 이렇
게 잎을 관찰하다 보면 잎몸의 가장자리가 어떤 생김새
인지도 눈에 보인다. 칼미아 잎처럼 매끈한지, 매끈한 가
운데서도 굴곡 없이 평평할 수도 있고 물결 모양일 수도
있다. 칼미아 잎은 완만한 물결 모양이고 월계수 잎은 그
보다 두드러진 물결 모양이다.

더 자세히 들여다보면 잎 가장자리에도 일정한 모양이
있다. 톱날처럼 끝이 삐쭉삐쭉한 잎도 많은데, 식물학 용

어로 이런 모양을 톱니형 엽연이라 한다. 민들레^{Dandelion}라
는 이름이 실은 잎 가장자리가 사자의 이빨 같다고 하여
'Dent-de-Lion'에서 유래했다는 건 많이들 알고 있겠지.
또 제비꽃처럼 모양이 심장형인 잎, 콩팥과 비슷한 신장
형 잎 등 모양도 가지가지다. 표면을 봐도 월계수 잎처럼
윤이 나는 잎이 있는가 하면, 램스이어처럼 털이 수북한
잎이 있다. 이 둘의 중간을 서로 다른 종류의 잎들이 빼
곡하게 채우고도 남는다.

식물 잎의 모양과 가장자리와 표면이 얼마나 각양각색
인지 여기서 일일이 열거할 생각은 아니다. 다만 여러분
이 잎을 들여다보며 그 차이를 자기 눈으로 찾으면 찾을
수록 재미가 커지고 관심이 깊어지리라는 점을 말해주고
싶다. 그러다가 나중에 식물학을 진지하게 공부하고 싶어
진다면 더욱 좋겠다.

꽃과 식물을 자세히 들여다보는 습관이 생기면 가끔
생김새가 정상적이지 않은 기형을 발견하기도 한다. 이
런 기형 화초는 대개 보기 흉하다. 내가 돌보는 정원에서
도 우스꽝스럽게 생긴 참제비고깔이 자란 적이 있다. 8피
트 높이의 아름답고 우아한 수상꽃차례가 올라와야 하
는데, 이 한심한 녀석은 장미라도 되고 싶은 건지 고작 6

피트 높이의 앙상한 줄기가 삐죽 올라오고 맨 위에만 꽃이 빽빽하게 뒤엉켜 피고 말았다. 가끔 디기탈리스도 그럴 때가 있다. 줄기 아래쪽부터 꽃이 나선으로 피어오르며 수상꽃차례가 우아한 정점에 이르는 과정이 디기탈리스의 아름다움인데, 이런 과정이 모두 사라지고 그저 미운 종꽃처럼 크기만 컸지 못생긴 컵 모양의 형체에서 꽃대가 멈춰버리기도 한다.

이렇게 밉상인 기형을 '바람직한 신품종'이라며 판매하는 일부 종묘상에게는 미안한 말이지만, 이런 기형을 정원에 퍼뜨리는 일에 나는 반대한다. 정원의 화초가 보여줄 수 있는 가장 아름다운 형태와 가장 아름다운 빛깔이 무엇인지 놓치지 않도록 보는 눈을 길러야 하며, 그러기 위해 할 수 있는 모든 방법을 동원해야 한다.

이른바 기형 식물 가운데 내가 크게 개의치 않는 유일한 종류는 헨앤치킨 데이지Hen-and-Chickens Daisy라는 데이지의 변종이다. 데이지 본래 송이의 가장자리에서 새로 꽃자루들이 자라고 새끼 데이지들이 피어나 본래 송이를 둥글게 에워싸는 모양새라서 이따금 만나면 눈이 즐겁기는 하다. 앵초 중에도 꽃받침잎이 크게 발달한 종류가 있다. 동네 아이들이 숲에서 발견하고 알려준 것을 그림으로 그려보았다. 이렇게 꽃받침잎이
커진 것은 일반 앵초의 반만큼도
예쁘지가 않다. 만약 정반대로 이
렇게 꽃받침잎이 크게 발달한 것
이 보통의 앵초였다면, 그러다가
어느 날 누군가 그렇게 생긴 앵초
들 사이에서 진짜 앵초를 발견한
다면 정말 아름답다고 생각하지   꽃받침잎이 큰 앵초
않을까!

　　열매에서도 기형은 나타난다. 이렇게 기괴하게 생긴 배
라니 가히 충격적이다. 배의 그 예쁜 모양이 이렇게 비실
비실 잎이 삐져나오는 울퉁불퉁한 덩어리 형태로 전락한

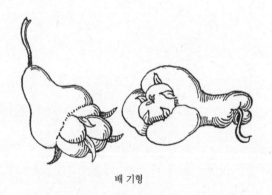

배 기형

다면 어떻겠는가. 어쩌다 한번 보기에는 신기하고 재미있지만, 열매가 제 고유의 아름다운 곡선을 보여주지 못하고 이렇게 쓸모없고 흉측한 모양이 되어버리다니 안타까운 노릇이다. 그러나 식물한테 자연스럽게 생겨나는 신기한 것이 전혀 흉하지 않은 경우도 많다. 온실 고사리의 양치엽에 생겨나는 작지만 완벽한 식물이 그렇고, 벌레잡이통풀의 긴 주머니 안에 고인 물이 그렇다. 우리의 눈과 머리를 잘 활용하기만 하면 수백 가지 놀라움을 보게 되고 알게 된다.

식물의 이름

'식물학'이라는 단어를 겁내지 말자. 이제부터 식물학이 전혀 골치 아픈 학문이 아니라는 사실을 보여줄 생각이다. 물론 식물학 서적이 대개 지루하고 건조하고 읽는 이를 당황스럽게 만들기는 한다. 나오는 명칭부터 무시무시하다. 예를 들어 책에서는 '분류체계'와 '분류군'을 설명한다. 그리하여 제1군 '쌍자엽식물^{Dicotyledones}'강을 펼치면 네 개의 아강 즉 ①탈라미플로레^{Thalamiflorae}, ②칼리시플로레^{Calyciflorae}, ③코롤리플로레^{Corolliflorae}, ④모노클라미데에^{Monochlamydeae}에 대한 소개가 이어진다. 그런 식으로 스무 가지 '식물강'을 설명하는데, 여기에 속하는 '아강'이 과연 몇 가지일지 짐작도 되지 않는다.

이런 식으로는 공부를 시작하기 어렵거니와 애초에 내가 말하려는 식물학은 이런 것이 아니다. 나는 여러분에게 더 재미있고 쉽고 간단한 식물학을 알려주고 싶다. 식물학이란 식물의 분류법을 뜻한다. 내 방식의 식물학을 우선 익히고 나면 언젠가는 식물학자의 식물학을 배우고 싶은 생각이 들겠지만, 당장은 그런 식물학을 배워도 별로 쓸 데가 없다. 여러분이 우선 배울 것은 우리가 화단과 텃밭에 키우고 싶어 하는 익히 잘 알려진 식물이 대부분 두어 가지 큰 식물과에 속해 있다는 점, 그래서 같은 과에 속하는 꽃의 유사성으로 식물을 알아볼 수 있다는 점이다.

먼저 장미과Rose Family에서 시작해보자. 이해하기 쉽도록 장미 종류 하나를 정해서 예컨대 꽃잎이 다섯 장 달린 해당화를 떠올려보자. '꽃잎'을 비롯해 식물과 관련한 단어의 의미도 이제부터 차차 알려주겠다. 해당화는 꽃이 피어난 지 이삼일이 지나면 색을 띤 다섯 장의 '장미잎'이 떨어지는데, 이것이 꽃잎이다. 꽃잎 외에도 초록 이파리 같은 것이 꽃의 바깥쪽 가장자리를 에워싸고 꽃대와 연결된 자리에 혹처럼 불룩한 받침이 있다. 꽃잎 사이사이 그리고 꽃잎 뒷면을 감싼 이파리 같은 조각을 '꽃받침 잎'이라 부른다. 꽃이 봉오리 상태일 때 보이는 것이 꽃받침잎의 바깥면이다. 꽃받침잎 그리고 꽃대에 연결된 혹 모양의 부분까지를 모두 합친 것이 '꽃받침'이다. 이 불룩한 혹 부위가 부풀어 나중에 열매가 된다.

해당화의 경우, 여름이 끝날 무렵 이 불룩한 부위가 커져 우리가 로즈힙이라 부르는 장미 열매가 된다. 사과나무라면 이 부위가 커져 사과가 되겠지. 사과 형태가 되어도 여전히 꽃받침잎이 움푹한 눈 모양 주위에 작은 장식처럼 달려 있다. 사과 이야기를 하는 이유는 사과도 장미과에 속하기 때문이다. 꽃이 만발한 사과나무를 보면 이 점이 쉽게 이해된다. 꽃이 꼭 장미의 한 종류처럼 보이는 사과나무가 있다. 자두나무, 배나무, 벚나무도 모두 장미의 친척이다. 서양모과나무와 마르멜로도 그렇다. 산사나무 꽃을 자세히 보면 그 안에 작은 장미꽃 송이가 보인다. 블랙손도 그렇다. 딸기 꽃, 산딸기 꽃, 블랙베리 꽃 모두 작은 장미다.

장미과에 속해 있지만 장미꽃을 닮지 않은 종류도 있다. 마가목처럼 꽃이 납작한 다발로 배열된 경우도 있고, 7~8월 개울과 도랑가를 따라 예쁘게 피어난 참터리풀처럼 꽃의 다발이 조금 다른 모양인 경우도 있다. 그러나 여하튼 꽃송이가 크든 작든 꽃잎이 다섯 장에 장미꽃 모양을 하고 혹 같은 짧은 받침이 달린 꽃을 보면 장미과에 속한다고 생각하면 된다.

또 한 가지 광범위한 식물군은 콩과 식물이다. 꽃이 완두꽃 모양이라 구별하기 어렵지 않다. 정원용 스위트피, 텃밭의 완두, 누에콩, 적화강낭콩, 좁은잎스위트피 그리고 들판과 야생에서 자라는 토끼풀과 살갈퀴 등이 여기에 속한다. 스위트피처럼 꽃이 크고 한 줄기에 고작 두세 송이만 달릴 수도 있고, 벌노랑이처럼 작은 꽃이 둥근 송이 모양으로 모여 피어나기도 하며, 등갈퀴나물처럼 아름다운 보라색 꽃이 촘촘히 5센티미터 길이로 길게 송이를 이루거나 금작화처럼 긴 가지에 나란히 줄지어 피어나기도 한다. 꽃의 배열이 어떻든 상관없이 꽃의 일반적인 모양은 항상 똑같다.

이 정도면 지금 우리에게 필요한 식물학 정보는 꽤 다른 것 같다. 잠깐, 그래도 알뿌리를 빼놓으면 안 되겠지. 평범한데 제법 통통한 이파리가 뿌리에서 곧장 자라나고 가지 없이 꽃자루가 뿌리에서 곧장 자라는 식물을 보거든 그것이 알뿌리로구나 여기면 된다. 히아신스, 수선화, 스노드롭을 떠올려보면 이해가 쉽다.

애들아, 생일이 돌아오면 "생일 선물로 무엇을 받고 싶으냐?"라는 질문을 받고는 하지? 다음번에 누가 그렇게 묻거든 "존스의 『들판의 꽃들』을 받고 싶어요"라고 말해보렴. 이 책은 정원용 화초가 아니라 야생화를 다루고 있지만, 내 평생 가장 큰 즐거움과 유익을 안겨준 책을 세 권만 꼽으라면 이 책이 반드시 들어간다.

매일 산책길에 발견하는 야생화를 통해서도 정원용 화초에 대해 배울 수 있다. 내 방식의 식물학은 언제든 배움이 가능하다. 나는 좋은 관찰력이야말로 사람이 행복해지는 방법 가운데 하나라고 생각한다. 관찰력이 좋으면 내 눈에 띄는 야생화에 대해 샅샅이 알고 싶어질 테고 얼마나 많은 들판의 꽃이 정원의 화초와 가까운 관계인지 깨닫게 될 테지. 어릴 때 나는 밖에서 야생화를 발견하면 무조건 집으로 가져와서 존스의 책에 그 꽃이 있는지 찾아보고는 했다. 이건지 저건지 아리송할 때가 많았지만, 내 손에 쥔 꽃을 책에서 찾아내기 전까지 포기하지 않았다. 그렇게 즐거운 수고를 마다하지 않은 덕택에 그 꽃이 내 기억에 깊이 자리 잡았다.

나의 조카 진과 앤은 공부를 하다 쉬는 틈틈이 풀밭에 앉아 뜨개질을 하며 나와 조잘조잘 이야기를 나눈다. 링컨셔에서 보낸 여름방학 동안 두 아이가 무려 이백 가지 종류의 야생화를 발견했는데, 키 큰 분홍 비누풀은 아이들이 찾았고 센토레아 스카비오사 흰색 변종은 아이들의 엄마가 발견했다고 한다. 야생화의 천국 같은 곳인 데다 물장구치기 좋은 얕은 강이 있고 걸쭉한 초콜릿 같은 진흙탕에서 텀벙거리며 놀기 딱 좋은 웅덩이도 여러 군데였나 보다.

식물에 영어 이름이 있는데 어째서 라틴어 이름까지 붙는지 의아한 생각이 들 수도 있다. 영어 이름만으로는 성에 차지 않을 만큼 식물학자의 자부심이 대단한 것도 한 가지 이유겠지만, 세계 각국의 식물학자가 공통으로 알 수 있도록 어느 한 언어로 식물 이름을 칭하는 편이 편리한 까닭도 있다.

진과 앤. "한 코 빠뜨린 것 같아!"라고 말하는 앤

화단에 물을 주는 아이들

5장

정원예술가

식물을 재배하는 수고

심오한 철학적 결론을 이야기하려는 건 아니다. 지극히 단순한 일상의 생각과 행위를 이야기하려 한다. 내가 가질 만한 가치가 있는 것일까? 여러 번 시도할 만한 가치가 있는 일일까? 이런 물음은 우리의 정신에 유용한 거름망이 되어준다. 주위 많은 일이 이 거름망을 통과해 쭉정이와 알곡으로 구분될 수 있다. 특히 정원과 관련해서는 이 거름망을 더 부지런히 사용할 상황이 생기곤 한다.

정원 화초와 관목에 대한 내 지식이 아직 변변치 않던 시절에도 나는 할 수만 있으면 손에 닿는 대로 온갖 식물을 모아들였다. 딱히 수집 목적이었다기보다는 충분히 친숙해지도록, 그래서 내 땅에 키울 수 있는 것은 어느 것이며 땅의 성질이 다른 타인의 정원에 추천할 만한 것은 어느 것인지 더 잘 파악하기 위해서였다. 이런 과정을 거쳐 많은 식물을 버리기도 했다. 어떤 것은 전혀 가치가 없다고 판단이 되어서, 어떤 것은 꽃의 색깔이 마음에 들지 않아서, 어떤 것은 성가신 잡초가 될 위험이 커서, 또 어떤 것은 보기에도 아름답고 키우고 싶지만 내 정원의 건조한 토양에 적응을 못 하고 제 고향을 그리워하는 점으로 미루어 나를 위한 식물이 아니라고 판단되었기 때문이다. 이 중 몇몇은 원산지가 알프스였으니 우뚝 솟은 바위 밑의 서늘한 그늘과 항상 뿌리를 촉촉하게 적셔주던 수분과 머리에 뿌려지던 산안개가 그립기도 했을 터.

그러나 흰 백합처럼 도저히 포기할 수 없는 경우에 한해서는 실패가 거의 확실한데도 계속 시도를 하고 가망이 없는데도 희망을 버리지 않는다. 식물 재배에 탁월한 여러 친구의 친절한 조언을 받아 온갖 처방과 처치를 신중하게 시도한 끝에 간신히 칠 년 중에 한 번쯤 한 무리 정도가 아주 잘 자라주면 그것으로 보상을 삼는다. 흰 백합은 지금도 여전히 해볼 만한 좋은 것 가운데 하나다. 이래도 저래도 안 되면 최후의 방법으로 양토와 석회 화

흰 백합

분에 심어 억지로 꽃을 피우게 하는 수도 있다.

내가 발견한 해볼 만한 작업을 한 가지 더 소개하자면 일반적으로 재배되는 식물을 한 가지 정해 최대한 다양한 종류를 모아 함께 길러보는 것이다. 꽃이 한창일 때 이들을 서로 비교해 어느 것이 정말로 가장 아름답게 잘 자라는지 직접 확인해보자. 비평적 안목이 발달할수록 흉한 것을 참지 못하는 민감함 역시 그에 비례해서 커지게 되고, 비평적 능력을 쉼 없이 발휘하다 보면 마치 타고난 감각처럼 무의식적인 판단력이 생겨난다. 나 역시 감히 내 결론에 실수가 전혀 없다고 자신할 수는 없으나, 적어도 판단 근거가 타당하고 대체로 유용한 편이라 다른 이도 신뢰할 만하다고 생각한다.

요즘 많은 사람이 식물과 정원을 사랑하노라 공언한다. 직접 여러 방식으로 식물을 재배하는 수고를 기꺼이 감수하는지 아닌지를 보면 이들의 고백이 얼마나 진심인지 가늠된다. 내가 젊을 적만 해도 찾아보기 힘들었던 유익한 서적이 지금은 선반에 그득하지만, 각자의 정원에서 신중하게 시도해보아야만 비로소 알아낼 수 있는 사실도 여전히 많다. 선택 폭이 넓어진 만큼 정신은 더 게으름을 피울 겨를이 없다. 부지런히 생각하고 관찰하고 비교해야 정원 식물의 장점과 쓰임새를 낱낱이 공정하게 평가할 수 있다.

손에 넣을 수 있는 모든 식물을 적재적소에 심어 좋은 효과를 거두기란 사실상 불가능하다. 나만 하더라도 당연히 지금 가진 것에 그치지 않고 훨씬 더 많은 식물을 기르고 싶지만, 정원을 대하는 비판적 양심에 비추어 어느 식물 한 포기에 마땅한 자리를 찾지 못하면 차라리 심지 않는 편을 택한다. 공연히 제 몫만큼 자라기 어렵거나 주위 식물과 조화를 이루지 못해 그 앞을 지날 때마다 나에게 책망을 보낼 자리에 심어두고 은근한 죄책감에 시달리느니 아예 소유하는 기쁨을 포기하는 편이 낫다.

정원이 만족도 흥미도 주지 못하는 것은 이 점에 대한 이해가 부족한 탓이 크다고 나는 생각한다. 정원을 가진 사람이 저마다 자기 정원에서 가장 해볼 만한 것이 무엇인지 찾고 직접 그 아이디어를 실행에 옮기는 수고를 마다하지 않는다면 정원이 그렇게 지루하고 진부해지지는 않는다. 화초와 관목을 선택할 때부터 사람들은 잘못된 방향에서 출발하곤 한다. 먼저 키우고 싶은 종류가 무엇인지 알아보고 소개 책자에서 찾아 주문하고 그 밖에 추천글을 읽으며 마음이 끌리는 몇 가지를 함께 주문해서 받는 즉시 정원에 심는다. '어떻게' 혹은 '왜'에 대한 사전 고려는 전혀 없이 말이다.

　종종 다른 사람의 정원에 내가 관여해야 하는 상황이 생기는데, 그럴 때면 이런 부탁을 받는다. "관목과 화초를 다량 구매했는데, 어디에 심으면 좋을지 말해주세요." 그럴 때 내가 해줄 수 있는 대답은 한 가지다. "그런 방식으로는 도와드릴 수 없습니다. 정원의 공간을 먼저 보여주시면 무슨 식물이 그 자리에 맞을지 말해드리지요."

　"하지만 나는 다양한 게 좋아요." 별생각 없이 이렇게 말하는 사람이 많다. 과연 이들은 정말 다양성이 그 자체로 바람직한 목표라고 생각할까? 신중하게 구성된 정원의 면면보다 다양성이 더 가치 있다고 느끼는 것일까? 아마도 적성 혹은 소질이 아직 배움을 통해 충분히 다듬어지지 않아 전체적으로 좋은 정원을 온전히 이해하거나 감상하지 못하는 이들이 다수일 것이다. 이들로서는 적은 수의 식물이 아름답게 배열된 정원을 보며 느끼는 즐거움보다 식물의 가짓수가 많은 데서 느끼는 즐거움이 더 클 수 있다. 평범한 정원에서 이런 경향을 발견하면 나는 그와 동일한 사고방식에 나 자신을 한번 이입해본다. 그러면 정원에 대한 사랑이 싹트는 단계려니 여겨 굳이 이의를 달지 않게 된다. 정원은 주인의 즐거움을 위해 존재하는 것이니, 즐거움의 정도나 형태가 어떠하든 간에 즐거움이 진실하기만 하다면 그 자체로 옳고 타당하리라. 인간의 행복을 증진하기에 이보다 더 순수하고 좋은 방법은 없지 싶다.

이따금 나는 스스로 이런 식의 제동을 걸어줄 필요가 있다고 느낀다. 전체를 보지 않고 낱낱의 부분에 신경 쓰는 초보 단계를 통과한 사람은 총지휘자의 권한을 어렴풋이 느끼는 단계에 이른다. 이때는 정원 조성의 수단과 재료가 모두 내 손안에서 내 지시를 기다리고 있는 것 같아서 내 말이 곧 법인 양 내가 제일 좋다고 느끼는 것이 최고라고 주장하는 자신만만하고 편협한 독선의 위험에 빠지기 쉽다.

그래서 나는 주인이 다양성을 선호하는 어느 평범한 정원을 마주할 때면 조금쯤은 주인과 동일한 관점에서 정원을 바라보려고 노력한다. 백 종에 달하는 침엽수가 종류별로 제각각 풋풋하게 성장 중인 수목원에 가서는 백 그루를 한 묶음으로 눈에 담고 싶은 내 열망을 억누르고 나무 한 그루 한 그루를 따로따로 바라보고 감상하려고 노력한다. 마치 진열창 앞에 선 느낌이라든지, 전질이 놓여야 할 자리에 잡다한 낱권이 가득 찬 무가치한 서고라는 생각이라든지, 논리와 상관없이 뒤죽박죽된 단어와 명료한 문장을 비교하려는 욕구라든지 하는 얄미운 생각도 잠시 내려놓으려 한다. 정원예술가는 (나에게 이런 영광스러운 호칭을 붙여도 괜찮다면) 아름다운 화초와 나무를 그저 바라보는 데서 그치지 않고 이들에게 가장 가치 있고 가장 훌륭한 쓰임새를 찾아주고 싶은 사람인지라 이런 욕구와 생각이 으레 머릿속에 밀려들게 마련이다.

장소와 식물의 조화를 생각한다

　단순하고 자연적인 특색이 있어 그대로 놓아두어도 아름다운 장소가 많다. 이런 곳은 신중하고 사려 깊게 다뤄야 마땅한데, 고리타분한 정원을 조성하겠다고 자연적인 특색을 없애는 바람에 오히려 공간이 망쳐진다. 내가 사는 동네에서도 이런 무분별한 사례를 해마다 꼬박꼬박 목격한다. 천연 히스 평원 지대에 크고 작은 주택이 계속 들어서고 있다. 그곳은 이미 야생 히스가 완벽한 덤불을 이룬 지대다. 오래된 덤불이 지나치게 무성하게 자라면 가볍게 흙을 파 엎어주는 방법으로 간단히 새로워질 수 있다. 히스는 금세 다시 자라니까.

주변에 어린 구주소나무와 자작나무가 이미 한창 자라고 있는 경우도 많다. 이런 조건이 갖춰진 장소는 최소한의 비용으로도 쉽게 아름다운 정원을 조성할 수 있다. 기존에 있는 것을 빈틈없이 모두 보존하고 척박한 토양에 적합한 식물 몇 종을 선택해 복잡하지 않게 활용하는 것이다. 구주소나무가 자라고 있다는 사실이 다량으로 심기에 최적인 나무임을 말해주고 그 밖에 건조한 경토에서도 훌륭하게 자라는 자작나무, 유럽밤나무, 호랑가시나무, 노간주나무 몇 종을 더하면 충분한 다양성이 확보된다. 절제된 식목의 가치를 이해하는 건전한 정신의 소유자라면 이 이상의 다양성을 기대하지 않는다.

아무리 건조하고 헐벗고 볼품없는 땅이라도 잘 길들이면 즐겁고 아름다운 인상을 줄 수 있다. 물론 항상 쉽게 되지는 않는다. 해볼 가치가 있는 많은 일이 그렇듯이 말이다. 하지만 자연 상태의 장소 가운데 적당한 초목의 꾸밈으로 아름다워지지 않는 땅은 없다. 몇 차례인가 '아무것도 자라지 않는다'는 땅이 내 손에 맡겨진 즐거운 경험이 있다. 그중 두 번은 건물 지하에서 퍼낸 오십 수레분의 모래더미였는데, 한쪽은 구주소나무 밑에, 다른 한쪽은 떡갈나무와 밤나무 밑에 자리를 잡았다. 지금은 두 곳 모두 정원의 여느 부분과 마찬가지로 관목과 화초로 파릇파릇 뒤덮여 있다. 식나무, 내한성이 강한 양치식물, 페리윙클, 루나리아 아누아, 두 종류의 키 큰 버바스컴이 자란다. 특히 식나무가 그늘을 좋아하는 드문 관목이라는 점을 기억해두면 요긴하다.

정원 구석구석을 빠짐없이 아름답게 만들어보는 작업은 언제나 도전해볼 가치가 있다. 관상용 화단만이 아니라 대충 지어진 부속시설까지 신경을 써야 보기 흉한 구석이 남지 않는다. 예를 들어 땔감을 쌓아놓는 구석은 박이나 페포호박으로 덮어줄 수 있다. 야생메꽃이나 더 큰 흰 꽃을 피우는 화단용 메꽃처럼 빠르게 뻗어 나가는 덩굴식물을 심어도 좋다. 기둥과 참나무 판자를 세워 만든 석탄창고는 측면에 아래쪽은 추위에 강한 국화를, 위쪽은 예쁘게 덩굴지는 클레머티스를 심어보자. 달리 아름다워지기 힘든 헛간은 맹렬히 자라는 포도나무와 재스민, 사방으로 자라는 클레머티스와 미국담쟁이덩굴 등으로 꾸며볼 수 있다. 나는 개인적으로 이런 식물을 심어볼 기회를 더 넓히고 싶어서 허술한 장소가 조금 더 있어도 괜찮겠다고 생각하는 사람이라 남들의 정원을 보면서 속으로 한숨을 내쉴 때가 많다. 얼마든지 즐겁고 아름다운 광경이 될 수 있을 텐데 아까운 기회가 허비되고 볼썽사나운 광경이 득세하니 말이다. 이런 관점에서 식물의 배열과 구성을 고민하는 습관을 들이고 실행에 옮겨 고민을 풀어가는 것도 정원이 주는 쏠쏠한 재미다.

흰디기탈리스

정원이 맺어준 인연

정원 만들기에 관해 조언을 구하는 수많은 사연 가운데 오래전 특별히 관심이 가던 사람이 있었다. 북쪽의 대규모 공업도시에 살며 공장에 다니는 한 소년이 창가 화단에 관한 문의를 했다. 기계 관련 신문에 청년이 올린 광고문에 따르면 창가에 조그맣게 아기자기한 화단을 만들고 싶은데 아는 것이 하나도 없으니 누군가 조언과 도움을 줄 사람을 찾는다고 했다. 그래서 조언을 건넸고 조언대로 화단용 상자가 마련되었다. 내 기억이 정확하다면 대략 길이 3피트에 폭 10인치 남짓한 상자였다. 곧이어 범의귀 일종인 작은 식물 몇 포기와 작은 알뿌리 몇 개가 소포로 청년에게 배달되었다. 소포에는 돌멩이도 들어 있었다. 암석정원을 만들어 높이가 다른 돌 언덕 두 개 사이 긴 골짜기에 한쪽 비탈은 볕이 잘 들고 다른 쪽은 응달이 지도록 꾸밀 계획이었다.

예리한 호기심과 간절한 질문으로 가득 찬 소년의 편지를 받으니 나도 즐거웠다. 그저 소년의 다정함이 인공비료의 아낌없는 투하로 이어져 식물을 죽이지 않도록 하느라 조금 애를 먹었을 뿐이다. 초소형 정원인지라 작디작은 특징 하나하나 소중하지 않은 것이 없었다. 스노드롭의 푸릇하고 여린 첫 풀잎이 이끼 융단을 뚫고 올라오는 것을 보면서 소년이 느낄 즐거운 기대감이 나도 상상이 되었다.

과연 이 여린 잎이 자라서 진짜 스노드롭이 될 수 있을까? 속꽃잎 겉면에 귀여운 초록 심장과 꽃잎 안쪽에 선명한 초록 줄무늬가 그려진 소박한 우윳빛 꽃이 정말로 피어날까? 창문을 열고 아침 인사를 하면 꽃이 끄덕끄덕 반가이 마주 인사를 해줄까? 이제 막 땅을 밀고 올라온 저 뭉툭한 뿔 같은 붉은 것이 정녕 자라서 시베리아무릇의 초롱초롱 파란 꽃을 피울까? 그을음 긴 잿빛 북쪽 하늘 아래 더께 앉은 다락 창틀 안으로 한 조각 여름 하늘처럼 들어올 수 있을까?

소년이 점심을 먹으러 집에 들른 짧은 틈에 식물을 들여다보고 일터를 오가며 식물을 생각하는 모습을 떠올리며 내 마음도 흐뭇해졌다. 활짝 핀 꽃의 다정한 아름다움을 기억할 때마다 소년의 입가에 미소가 스칠 것이고, 방앗간이 정신없이 돌아가는 틈에도 '내 노새를 챙기는' 마음은 다시 기력을 찾을 것이다.

지금으로부터 스물여섯 해 전쯤 레딩 근방의 개암나무 묘목장을 찾아갔던 날을 나는 결코 잊지 못한다. 묘목장 둘레를 따라 담장이 둘러서 있고 정문에는 종이 달려 있었다. 나지막하게 울리는 종을 여러 번 울리고 나서야 누군가 나와서 문을 열어주었다. 한참 만에 문을 열어준 이는 건강하고 단단한 체구에 햇볕에 그을린 피부의 여성이었다. 어릴 때 보았던 성실한 농부의 아내 같은 인상이었다. 이 여성이 묘목장의 작업감독으로 몇 명 되지 않는 일손을 거느리고 묘목장을 꾸려가고 있었다. 내 기억이 정확하다면 일꾼이 셋밖에 되지 않았지만, 이 여성 혼자서도 남자 두 몫은 거뜬히 해내고도 남을 것 같았다.

혈통 좋은 마스티프 견종과 블랙함부르크 포도가 이곳

의 명물이라더니, 아주 오래된 온실 안팎으로 사방팔방 위아래로 뻗어 나간 포도 덩굴에 놀랄 만큼 주렁주렁 과실이 열려 있었다. 곳곳에 개암나무가 줄을 지어 늘어서 있고 아주 옅은 노란색 수선화가 군데군데 넓게 무리 지어 피어 있었다. 겹수선화의 일종으로 지금은 희귀해서 기르기 어려운 종이다. 거기에 지천으로 깔린 꽃이 그토록 귀한 것인 줄 당시에 알았더라면 소박하게 열두 포기 얻어 오는 쯤에서 그치지 않았을 터다.

거닐수록 기분 좋은 정원이었다. 이 즐거움이 더욱 특별했던 것은 웹 할아버지가 정원에 등장하신 덕분이었다. 할아버지가 입은 구식 검정 의복은 퀘이커교도의 복장이 아니었나 싶다. 웰링턴 품종 사과가 얼마나 우수한지 확인해보라며 할아버지가 권하던 애플타르트를 도저히 잊을 수 없다. 맛이 좋은 것은 물론이고 보기에도 아름다웠다. 투명한 장밋빛으로 잘 구워진 사과가 어찌나 먹음직스럽던지. 할아버지는 본인이 절대 금주의 열렬한 전파자라며 개암나무 그늘 아래 어느 풀밭으로 나를 데려갔다. 그곳에는 마치 묘비처럼 판석이 하나 세워져 있고 이런 글귀가 새겨져 있었다.

"술을 보내며TO ALCOHOL."

무덤을 파고 그 안에 다량의 포도주와 맥주와 증류주를 쏟아버린 뒤 술에 대한 혐오를 기념해 비석을 세웠다고 했다. 그늘이 드리운 개암나무 숲, 봄날 여린 잎, 엷은 노란 수선화, 육중한 사슬에 묶인 마스티프의 핏발 선 눈과 무시무시한 송곳니, 건강하고 건장한 여성 작업감독, 검은 의복 차림의 단정한 노신사. 이 모든 것이 마치 한 장의 사진처럼 내 머리에 남아 있다. 내가 가본 모든 묘목장 가운데 한여름 밤 이야기 속 요정을 만날 것 같은 단 한 곳이었다.

지킬에 관한 궁금한 몇 가지

하나, 지킬이라는 이름

지킬이라는 이름을 들으면 자연스럽게 연상되는 이름이 있다. 설마 이 '지킬'이 그 '지킬'일까 싶은데, 뜻밖에도 거트루드 지킬과 『지킬 박사와 하이드 씨』의 지킬 박사는 같은 성을 쓴다.

거트루드 지킬에게는 두 명의 남동생이 있다. 그중 월터 지킬이 작가 로버트 루이스 스티븐슨의 친구였고, 스티븐슨이 월터의 성을 빌어 인물의 이름으로 썼다고 한다. 현실의 지킬 가족은 소설 속 인물과 연결되는 것이 싫어 일부러 'Jee' 음절을 길게 발음했다는 이야기도 있다.

처음 한국에 지킬을 소개하는 글 중에 '제킬'이라는 표기가 등장한 것도 비슷한 맥락이 아니었을까?

둘, 아티스트로서의 지킬

거트루드 지킬의 비석에는 '아티스트, 정원사, 공예가'라는 문구가 새겨져 있다. 건축가와 정원 디자이너로 만나 백여 곳의 정원을 함께 작업한 사십 년 지기 동료 에드윈 루티엔스^{Edwin Lutyens}가 남긴 비문이다.

에드윈 루티엔스가 그린 지킬

1848년 지킬이 다섯 살 되던 해 가족은 런던을 떠나 한적한 서리의 시골로 이사한다. 숲과 구릉과 히스 초원에서 자유로운 어린 시절을 보내며 지킬은 식물에 대한 애정과 그림에 대한 관심을 키워갔다. 그리고 1861년 열여덟 살에 사우스켄싱턴 왕립예술학교에서 본격적으로 아트와 디자인 공부를 시작한다. 식물학, 해부학, 광학, 색채과학, 식물 소묘법 등을 접한 이 시기의 경험을 지킬은 종종 '예술가로서의 훈련'이라고 말한다. 색의 조화와 상대성을 과학적으로 이해하는 훈련을 거치면서 예술가의 감식안이 깊어진다.

이십대의 지킬은 당대 지식인, 예술가들과 교류하며 운신의 폭을 넓혀간다. 존 러스킨John Ruskin에게 JMW 터너의 색채를 배워 회화로 표현하고, 윌리엄 모리스William Morris를 만나 예술의 아름다움을 일상으로 불러들이는 아트앤크래프트 정신을 공유한다. 엔지니어였던 아버지의 작업실에서 도구를 만지작거리던 호기심은 나이 들수록 더 진지해져 이탈리아 등지의 여행길에서도 현지 장인을 찾아 다양한 공예 기술을 배운다. 금속, 나무, 석고, 섬유 등의 자연스러운 소재로 도구와 장식을 만들고 집 안을 가꾸는 탁월한 솜씨를 발휘하며 차츰 인테리어 디자이너로서도 명성을 얻는다.

지킬의 인생은 삼십대에 접어들며 중대한 변화를 겪는다. 갈수록 나빠지는 시력이 화가와 공예가로서 활동에 걸림돌이 된다. 대신 어린 시절부터 사랑한 식물과 정원에 더 많은 열정을 쏟는다. 그러나 정원에서 잡초를 뽑고 땅을 고르고 꽃을 심는 동안에도 지킬은 아티스트가 아니었던 적이 없다. 매일 정원에서 '살아 있는 꽃으로 살아 있는 그림을' 그렸다. 아티스트로서 그가 가진 모든 지식과 감각과 기술과 비전이 그의 정원으로 살아났다.

셋, '정원 일 하는 아마추어'로서의 지킬

식물과 정원과 지킬의 관계는 아주 어린 시절로 거슬러 올라간다. 『어린이와 정원^{Children and Gardens}』에 실린 에세이에서 지킬은 그 시절 이야기를 자주 들려준다. 1848년부터 1868년까지 스무 해를 살았던 서리의 자연은 지킬의 기억에 사진처럼 또렷하다. 모양과 색채와 냄새와 소리로 꽃과 풀과 나무를 알아갔기 때문에 그의 모든 감각이 이들을 기억한다. 그는 혼자 책을 뒤적여 기어이 식물의 이름을 알아갔지만 "이름을 알게 되기 한참 전부터 이 꽃들을 친구로 여기며 지냈다."

1868년 지킬 일가는 버크셔의 워그레이브힐로 이주
한다. 이십대부터 지킬은 '어른'의 정원을 가꾸기 시작한
다. 영국의 시골은 물론이고 그리스, 터키, 로도스섬, 이
탈리아, 스위스, 카프리, 알제리 등지로 여행을 다닐 때마
다 낯선 식물을 눈여겨보고 수집한다. 추위에 강한 화초
를 구해와 영국의 흙에서 살아남는지 관찰하며 전문적인
육종에도 발을 들인다. 1876년 아버지의 사망을 기점으
로 지킬 일가는 팔 년 동안 살던 버크셔를 떠나 서리로
돌아온다. 먼스테드히스에 지은 어머니 집 정원을 지킬이
디자인하고 가꾸면서 정원에 관심 있는 많은 사람이 먼
스테드하우스 정원을 보려고 멀리에서도 찾아온다. 지킬
은 서리의 숲에 자라는 나무와 들판에 피는 꽃과 시골집
정원의 식물을 속속들이 아는 정원사답게 식물이 중심에
놓인 자연을 닮은 정원을 만들었다.

지킬은 스스로를 '정원 일 하는 아마추어'라고 부르곤
했다. 정원이 놓일 땅을 살펴 지면을 배치하는 디자인의
구상은 출발일 뿐, 흙을 고르고 씨앗을 뿌리고 꽃을 심
고 씨앗을 받고 부산물을 태워 비료를 마련하는 매일의
노동을 실천하는 정원사였기 때문이다. 매일 땀 흘리고
매일 공부해도 살아 있는 것을 키우는 일은 자주 실패한

다. 덕분에 그는 끈기 있는 아마추어로 실패하고 배우기를 두려워하지 않는다.

"아무리 건조하고 헐벗고 볼품없는 땅이라도 잘 길들이면 즐겁고 아름다운 인상을 줄 수 있다. 물론 항상 쉽게 되지는 않는다. 해볼 가치가 있는 많은 일이 그렇듯이 말이다. 하지만 자연 상태의 장소 가운데 적당한 초목의 꾸밈으로 아름다워지지 않는 땅은 없다."

넷, 정원 디자이너로서의 지킬

해박한 식물 지식과 예술 감각을 바탕으로 지킬은 차츰 정원 디자이너로 명성을 쌓아간다. 가까운 이웃, 친구, 지인, 멀리서 소문을 듣고 찾아오는 이까지 고객층도 차츰 넓어진다. 그리고 두 사람과 지킬은 평생 동안 소중한 동료의 인연을 맺는다.

1875년 지킬은 정원사이자 저술가로서 『더 가든The Garden』이라는 정원 전문지를 운영하는 윌리엄 로빈슨William Robinson을 만난다. 둘은 정원을 바라보는 서로의 시각에 공감한다. 당시 지배적이던 빅토리아식 정원의 형식을 거부하고 최대한 자연스러운 형태의 정원을 예찬한 점, 카펫처럼 깔린 화단 대신 내한성이 강한 다년초의 생명력이 숨 쉬는 정원을 만드는 데 앞장선 점. 두 사람 덕분에 영국의 정원 풍경이 바뀌었다고 후대는 평가한다. 지킬은 1881년부터 『더 가든』에 글을 기고하고, 두 사람은 오래도록 글쓰기와 정원 가꾸기를 거들며 우정을 나눈다.

청년 건축가 에드윈 루티엔스를 만난 것은 1889년이었다. 건축가로 첫발을 내딛은 갓 스물 된 청년과 마흔 중반의 성공한 정원 디자이너는 이후 수십 년 동안 백여 개의 프로젝트를 함께 하는 동료로 발전한다. 루티엔스는 지킬처럼 서리의 자연과 소박한 시골집에 애정이 깊었고 종이와 연필을 늘 지니고 다니며 사물과 사람과 공간을 스케치했다. 따뜻한 관찰력과 풍부한 예술적 감수성이 두 사람의 공통분모였다.

어머니가 세상을 떠난 이듬해 1896년부터 지킬은 루티엔스와 함께 어머니집 맞은편에 자신의 집이자 정원인 먼스테드우드를 짓기 시작한다. 두 사람은 함께 시골길을 달리며 오래된 농가와 시골집을 답사했다. 옛 농가의 아름다운 디테일, 잊혀져가는 토종 화초, 먼스테드 땅에서 자란 나무를 관찰하고 수집한 자료는 고스란히 먼스테드우드에 스며들었다. 집이 건축되기 전부터 지킬은 부근에 작은 오두막을 짓고 자기 손으로 정원을 조성했다. 이 년 여에 걸친 건축이 끝나고 완공된 집은 이미 이백 년을 살 아온 옛 집의 기운을 풍겼다. 주변 풍경과 어우러지는 정 원을 가꾸고 이 정원과 조화를 이루도록 지역에서 난 소 재로 단단한 집을 지은 덕분이었다. 집과 정원과 풍경의 조화라는 아트앤크래프트 정신은 먼스테드우드를 비롯 두 사람이 함께 지은 여러 공간에서 구체화되었다.

지킬이 디자인한 정원은 영국, 아일랜드, 독일, 유고슬 라비아, 미국 등지에 사백여 개에 이른다. 그중 이백오십 곳 정도는 혼자서 한 작업이고, 백오십 곳 정도는 건축가 와의 협업이다. 루티엔스 외에 다른 건축가와도 일을 했 지만 루티엔스와의 협업이 단연 많았던 것은 서로에 대 한 공감과 상호작용이 가장 활발했음을 말해준다. 지킬 은 1914년 이후로 미국은커녕 런던에도 가지 않는다. 먼 스테드히스에 뿌리내린 나무처럼 좀처럼 이동하지 않는 지킬을 대신해 루티엔스가 타지를 방문하고 글과 그림과 대화로 소통했다. 지킬의 비문을 작성한 이가 루티엔스라 는 점이 이해되는 대목이다.

두 차례 세계대전을 치르며 지킬의 정원은 대부분 파 괴되었다. 용케 남은 곳도 소유주가 바뀌며 흐지부지되기도 했다. 정원은 매일 관찰하며 계절의 흐름과 땅의 순환에 맞춰 식물을 돌보는 손길이 필요하다. 특히 지킬은 당시 유행하던 화단용 식물 대신 들판과 습지 같은 야생에서 자라던 식물을 데려와 실험하고 재배했다. 먼스테드우드에 직접 묘목장을 세워 새로운 품종을 기르고 판매했던 것은 단지 경제적인 이유만이 아니었다. 지킬은 세상을 떠날 때까지 묘목장을 운영하고 애지중지 키운 화초를 '가장 어울리는 곳'으로 보냈다.

그가 떠난 뒤 조카가 몇 년 동안 묘목장과 정원을 맡아 운영했지만 오래가지는 못했다. 한참 세월이 흐른 지금 먼스테드우드는 지킬의 디자인대로 정원을 복구해 방문객에게 개방하고 있다. 거트루드지킬 재단 사이트 gertrudejekyll.co.uk를 방문하면 미국 우드버리 정원을 비롯해 지킬의 디자인을 기초로 복구된 정원 정보를 확인할 수 있다. 원예전문가 오도, 김시용 공저의 『지킬의 정원으로 초대합니다』, 오경아 조경전문가의 『가든 디자인의 발견』에서도 지킬의 정원을 사진으로 만날 수 있다. 지킬의 드로잉과 디자인 원화는 의외로 영국이 아닌 UC버클리의 환경디자인 아카이브the Environmental Design Archives에 소장되어 있고 온라인 아카이브에서 이미지 열람이 가능하다.

1881년 『더 가든』에 처음 글을 실은 뒤로 지킬은 1932년 세상을 떠날 때까지 글쓰기를 멈추지 않는다. 『더 가든』, 『컨트리 라이프』, 『가드닝 일러스트레이티드』 등에 발표한 글이 천백 편이 넘는다. 여든여섯 살 생일 이후로만 사십삼 편을 연재했다니 그가 육신의 게으름 못지않게 얼마나 '정신의 게으름'을 경계했는지 짐작이 된다.

그의 첫 책은 1899년 쉰다섯 나이에 출간한 『숲과 정원Wood and Garden』이다. 먼스테드우드를 짓는 과정을 일간지 「가디언」에 연재하고 후에 책으로 엮은 것이다. 이 책을 시작으로 정원 생활의 전반을 안내하는 『집과 정원Home and Garden』(1900), 『영국 정원의 백합: 아마추어를 위한 안내서 Lilies for English Gardens: A guide for amateurs』(1901), 『월가든과 워터가든 Wall and Water Gardens』(1901), 『영국 정원의 장미Roses for English Gardens』(1902), 옛 시골 생활의 정경을 담은 『올드 웨스트서리Old West Surrey: Some Notes and Memories』(1904), 어린이를 위한 정원 안내서 『어린이와 정원』(1908) 등을 발표한다.

지킬의 저서 중 가장 유명한 책은 아마도 색채로 정원을 디자인한 『화원의 색채Colour in the Flower Garden』(1908)일 것이다. 1914년 발간된 『화원의 색채 배합Colour Schemes for the Flower

Garden』은 이 책의 개정판이다. 그 전후로도 집안 장식, 크고 작은 정원 사이즈에 대한 조언, 암석정원과 히스정원 조성 방법, 일년초와 이년초의 재배와 활용법, 정원 장식물 등에 이르기까지 두 권의 개정증보판을 포함 모두 열다섯 권의 책을 출간했다. 잡지 기고문을 엮은 책도 있고 새로 쓴 원고도 있지만, 글에 곁들인 그림과 사진은 대부분 지킬의 것이다.

매순간 예술가로 관찰하고 매시간 정원사로 노동하면서 어떻게 이렇게 왕성한 필력으로 글을 쓸 수 있었을까? 정원에 관한 한 지킬은 독학의 화신이다. 어려서부터 혼자 관찰한 식물 이름을 책으로 익히고 "어디든 가는 곳마다 누구든 만나는 사람에게 조금씩 배우려고 노력"하면서 그야말로 "더듬더듬" 오랜 세월에 걸쳐 경험과 감각과 인내로 차곡차곡 지식을 쌓아올린 사람이다. 그는 '누가 나에게 이런 것을 가르쳐줬더라면' 하는 간절함을 이해한다. 그래서 도움이 필요한 사람에게 자신의 앎을 기꺼이 나눠준다.

정식으로 발표한 글 외에도 지킬과 서신을 주고받은 사람은 헤아릴 수 없이 많다. 친분의 여부, 명성의 유무보다 지킬은 정원을 가꾸고 싶은 마음이 진심인가를 기준으로 대답할 질문을 고르고 진심으로 궁금한 사람을 위해 글을 썼다. 수십 년을 배워도 내가 안다고 말할 수 없는 것이 정원 일임을 그는 너무 잘 알았다. 그래도 "배워야 할 것이 너무 많다는 생각에 지레 포기하는 일은 없기 바라는" 마음으로 천백 편의 글을 썼으리라.

여섯, 백 년 뒤의 지킬

"정원예술가는 (나에게 이런 영광스러운 호칭을 붙여도 괜찮다면) 아름다운 화초와 나무를 그저 바라보는 데서 그치지 않고 이들에게 가장 가치 있고 가장 훌륭한 쓰임새를 찾아주고 싶은 사람인지라……."

알맞은 자리에 제때 놓인 식물은 언제나 아름다운 쓰임새를 찾는다고 지킬은 믿었다. 그러니 그의 글은 매우 구체적이고 실용적인 조언으로 가득하다. 아름다운 정원 풍경을 관조하고 사색하는 글이 아니라 그 풍경을 '만들기 위해' 관찰하고 노동하는 사람만이 쓸 수 있는 글이다. 백 년이 흐르는 동안 식물 파종법과 재배법과 정원 관리법이 그대로일 리 없다. 지금은 다른 이름으로 불리는 식물도 있고, 아예 사라진 식물도 있으며, 누구도 고사리 가지를 베고 잘라 집게를 만들지 않는다. 구체적인 조언은 백 년을 뛰어넘지 못하고 종종 실용성이 바래지곤 한다.

그럼에도 불구하고 지킬은 여전히 '정원사의 정원사'로 건재하다. 많은 이들이 자연의 색을 닮은 아름다운 디자인을 배우려 그의 정원을 수소문해 찾아가고 세계 곳곳에서 그의 책을 읽는다. 2017년 11월 29일 지킬 탄생 174주년을 기념해 구글은 영국 아티스트 벤 길스[Ben Giles]의 디자인으로 색색의 화려한 구글 두들을 선보였다. 어느 영국 언론인의 말마따나 "지킬이 없었다면 세상은 훨씬 칙칙한 곳"이었을 것이다.

영국의 풍경을 바꿔놓은 정원사의 정원사로 거트루드 지킬을 기억할 수도 있다. 그런데 그러고 말기에는 이 무뚝뚝해 보이는 할머니의 개성과 줏대 있는 삶이 너무 흥미롭다.

게으름을 질색하면서도 식물과 어린이와 고양이 앞에서는 무장해제 되는 어른다움, 내 집에 찾아와 밥을 찾는 고슴도치와 떡하니 배설물을 토해놓는 부엉이를 반기는 환대, 이름을 몰라도 꽃과 친구 맺는 다정함, 매자나무 냄새는 싫어도 꽃은 좋으니 바람을 살펴 접근하는 영민함, 아름다운 것이 어찌 무용하겠냐며 아름다운 것의 유용함을 한눈에 알아보는 감각, 봄철과 가을철 나뭇잎의 다른 소리를 알아드는 귀, 손톱보다 작은 꽃의 안쪽 꽃잎 줄무늬까지 찾아내는 눈, 아무리 배워도 다 알 수 없으니 끝까지 배우면 된다는 여유, 어느 한 해 한 묶음 피우는 꽃을 보려고 칠 년을 기르는 인내, 스스로 힘들게 배워 선뜻 남 주는 배포, 무엇보다 살아 있는 것을 거둬 기르는 손, 자라는 것을 어여삐 여기는 마음. 모두 낯설지 않은 모습이고 닮고 싶은 태도다.

이 책은 지킬의 많고 많은 글 중에서 이런 모습과 태도를 보여주는 글을 골라 모았다. 첫 책 『숲과 정원』, 두 번째 책 『집과 정원』 그리고 어린이에게 정원살이 전반을 일러주는 『어린이와 정원』에서 가져왔다. 구체적이고 실용적인 지식은 되도록 건너뛰었고 화려한 정원을 조성하는 전문적인 조언은 미뤄두었다. 대신 정원사가 아니어도 집에 마당이 없어도 창가에 화분 하나 기르는 사람에게 지킬 할머니가 들려주는 이야기 같은 글, 초록한 것을 기르는 사람의 태도를 가르쳐주는 편지 같은 글을 '우선' 추렸다. 지킬의 글은 평생 수확한 씨앗을 모아둔 봉투 같다.

거기서 한 알을 꺼내 심는다. 그의 말을 믿어본다.

"정원을 향한 사랑은 한 번 뿌리면 결코 죽지 않는 씨 앗이다. 죽지 않고 자라고 또 자라서 오래도록 변치 않고 날이 갈수록 커져가는 행복의 원천이 된다."

2019년 8월

이승민

참고자료

「The Times」 1932.12.10. "Miss ertrude Jekyll" 부고

『The Gardener's Essential: Gertrude Jekyll』(Godine; Boston, 1986)

Introduction "Miss Jekyll of Munstead Wood" by Elizabeth Lawrence

'Gertude Jekyll Estate'(gertrudejekyll.co.uk)

Oxford Dictionary of National Biography(doi.org/10.1093/ref:odnb/37597)

"Queen of the mixed border" by Jill Sinclair(Sat. 17 Jun2006)

www.theguardian.com/books/2006/jun/17/featuresreviews.guardianreview7

정원을 산책하는 지킬

1843년 11월 29일 런던 그라프턴 거리에서 군인 출신 엔지니어인 아버지와 음악을 공부한 어머니 사이에서 4남 2녀의 넷째로 태어난다.

1848년 런던을 떠나 서리 지역으로 이사한다. 자유롭고 독립심이 강하고 모험적인 성격에 아버지로부터 '별종'이라는 별명을 얻는다.

1861년 사우스켄싱턴 왕립예술학교에 입학한다. 당대 유명한 예술가, 디자이너, 이론가들에게 회화만이 아니라 식물학, 해부학, 색채학 등을 다양하게 배운다.

1863년 지인과 로도스, 콘스탄티노플, 아테네를 여행하며 그리스 예술을 접한다. 이탈리아 여행에서 여러 가지 수공예를 배운다.

1866년 파리에서 일하고 후에 브리티시뮤지엄, 내셔널갤러리, 루브르, 베니스와 로마의 갤러리에서도 일할 기회를 얻는다.

1870년 음악가, 예술가 친구와 교류하고 여행한다. 알제리 여행 기록은 서리히스토리센터에 수채화로 남아 있다.

1876년 아버지 사망 후 서리의 먼스테드히스로 이사한다. 어머니와 살던 먼스테드하우스의 정원을 디자인한다.

1881년 『더 가든』에 첫 글을 기고하고 윌리엄 로빈슨과 꾸준히 교류한다.

1883~1884년 윌리엄 로빈슨과 책을 집필한다. 시력이 점점 악화된다.

1889년 평생의 동료가 된 젊은 건축가 에드윈 루티엔스와 만난다.

1895년 어머니가 세상을 떠난다.

1896년~1897년 루티엔스와 함께 먼스테드우드를 디자인하고 건축한다. 이 과정을 신문에 연재한다.

1899년 첫 책 『숲과 정원』을 출간한다.

1900년 두 번째 책 『집과 정원』을 출간한다.

1908년 『화원의 색채』, 『어린이와 정원』을 출간한다.

1914년 처음으로 미국에 있는 정원을 디자인하고, 마지막으로 런던을 방문한다.

1930년 여든여섯 살 생일 이후로 사십삼 편의 글을 『가드닝 일러스트레이티드』에 기고한다.

1932년 12월 8일 먼스테드우드에서 세상을 떠난다.

식물 찾아보기

지킬의 정원

초판 1쇄 발행 2019년 08월 26일

지은이 거트루드 지킬
옮긴이 이승민

펴낸이 이정화
펴낸곳 정은문고
등록번호 제2009-00047호 2005년 12월 27일
주소 서울시 마포구 서교동 473-10 503호
전화 02-392-0224
팩스 02-3147-0221
이메일 jungeunbooks@naver.com
페이스북 facebook.com/jungeunbooks
블로그 blog.naver.com/jungeunbooks

ISBN 979-11-85153-30-8 03840

이 도서의 국립중앙도서관 출판예정도서목록(CIP)은
서지정보유통지원시스템 홈페이지(http://seoji.nl.go.kr)와
국가자료종합목록 구축시스템(http://kolis-net.nl.go.kr)에서 이용하실 수 있습니다.
(CIP제어번호: CIP2019032165)